Ursula Erler

RENDEZVOUS JENSEITS DER GRENZE

ROMAN

Bibliografische Information der Deutschen Nationalbibliothek:
Die Deutsche Nationalbibliothek verzeichnet diese Publikation in
der Deutschen Nationalbibliografie; detaillierte bibliografische Daten
sind im Internet über dnb.dnb.de abrufbar.

Gestaltung und Satz: Jutta Henderkes · hausmarke.com
Umschlagfoto: Ursula Erler · Foto: Hans Erler
Herausgeber: Hans Erler
Herstellung und Verlag: BoD – Books on Demand GmbH, Norderstedt

ISBN: 9783756890347

Veronika zur Erinnerung
an ihre Schwester

I
Sonntag

Der 28. September war ein Bilderbuchsonntag, aber wenn man eine Spazierfahrt versprochen hat – vier feste kleine Zöpfe, die neuen Mäntel und Schuhe, die Henkelkörbe. Wir sitzen im Wagen.
„Schläft der Park noch?"
„Du meinst: Ist der Park schon geöffnet?" – die größere Tochter auf dem Beifahrersitz belehrt die kleinere Tochter neben mir auf dem Rücksitz.
Die kleinere Tochter sieht in ihren leeren Henkelkorb. Sie wird ihn randvoll mit Kastanien füllen. Die größere Tochter sieht ihren Korb nicht an. Sie hat ihn nur aus Gefälligkeit mitgenommen, dafür hat sie bei dieser Spazierfahrt die Führung:
„Schloss Augustusburg zu Brühl. Besonders schön ist der Sommerspeisesaal".
„Nach Auflösung von Frühnebelfeldern sonnig mit Tageshöchsttemperaturen zwischen 17 und 21 Grad. Die weiteren Aussichten: Fortdauer des ruhigen Frühherbstwetters" mein Mann hat das Radio eingeschaltet.
„…desgleichen das Treppenhaus und der Spiegelweiher" – die größere Tochter hat das Radio wieder ausgeschaltet. Der zwei Monate alte Sohn auf meinem Schoß wird wach. Ich werde ihn dem Spiegelweiher zeigen. Wenn sich der Frühnebel aufgelöst hat.
Ich habe ihn nicht dem Spiegelweiher gezeigt. Mein Mann fand es zu kalt. Er blieb in seinem Kinderwagen mit hochgeschlagenem Verdeck. Die Töchter zählten die Kastanien über sich. Die Kastanien hingen grün in ihren Bäumen. Der Frühnebel hatte sich wirklich aufgelöst. Sonne. Aber kein Wind. Die ganze Allee säumten Kinder mit Körben, Tüten, Taschen, Mützen. Dazwischen Väter, die den leisesten Versuch, kleine Steine, auch Kieselsteine, vom Boden aufzunehmen, im Keim erstickten, und sich stattdessen erboten,

die Kastanien mit gefahrlos leichten Hölzern zu treffen. Aber die gefahrlos leichten Hölzer verfingen sich im Blattwerk und trafen nicht.

Die Henkelkörbe meiner beiden Töchter, die jetzt wieder fast ununterscheidbar eins waren – wenn man auf Kastanien wartet, hat man keine Zeit zu führen und zu belehren – blieben also leer, mein Sohn schlief, mein Mann sah aus wie alle Männer auf dieser sonntäglichen Kastanienallee, ich ging in einen Seitenweg hinein. Noch nicht sehr viel Laub auf dem Boden, dafür ein Blätterdach, blassgelb, braungold, hier und da purpurrot. Ich ging schnell, denn ich war zornig. Diese lächerlichen Herbstmäntel. Ein ganzer Park voll Herbstmäntel. Der nächste, der mir im Herbstmantel begegnet. Es begegnete mir überhaupt niemand mehr, auf dem ganzen Seitenweg nicht. Der Wald hörte auf, da lag der Spiegelweiher, zwischen hellen Kieswegen und Blumenbeeten. Auf der achtstufigen Steintreppe, die zum Weiher hinunterführt, kommt mir ein Mann entgegen, ohne Herbstmantel, aber das bemerke ich erst, als ich auf der zweiten Stufe von oben stehen bleibe und er auf der zweiten Stufe von unten die Kamera sinken lässt.

„*Sie haben mich photographiert?*"

„*Ich habe es mir erlaubt*".

„*Dann geben Sie mir den Film*".

„*Ich denke nicht daran*".

„*Was machen Sie mit der Aufnahme?*"

„*Ich entwickle sie für meine Sammlung*".

„*Ihre Sammlung?*"

„*‚Frauen im Wechsel der Jahreszeiten'. Das Sujet hatte mir gefehlt.*"

„*Was für ein Sujet?*"

„*Sie. Alleinstehende Frau im Herbst*".

„*Sie hatten keine Befugnis –*"

„*Und Sie keinen Zeugen*".

Keine Zeugen? Rund um den Spiegelweiher? Doch, in den Laubengängen rechts und links. Aber die Laubengänge sind noch belaubt. Man sieht die Spaziergänger kaum. Sie werden nichts bezeugen können. Außerdem bezeugten Spaziergänger in belaubten Laubengängen eine unerlaubte Photographie? Stimmen vom nahen Seitenweg: Meine größere Tochter, mein Mann.

„Sie täuschen sich".

„Worin?"

„Ich bin nicht Ihr Sujet".

„Ich pflege meine Sujets nicht nach ihren Ansichten zu fragen".

Meine kleinere Tochter. Sie steht schon auf dem Kies. Sie dreht sich noch einmal um. Sie ruft etwas in den Waldweg hinein.

„Um welchen Preis – nein, warten Sie, würden Sie mir den Film unentwickelt überlassen, wenn ich Sie stattdessen eine Nacktaufnahme von mir machen ließe – für Ihre Sammlung?"

„Es wäre nicht mehr dasselbe Sujet".

„Nein, aber ich brauche das Sujet für mich selbst. Ich suche Sie auf. Drei Tage Bedenkzeit. Wenn ich nicht komme, gehört es Ihnen".

Er zieht eine kleine weiße Karte aus der linken oberen Jacketttasche, er verbeugt sich, wir gehen – drei Stufen nach oben, drei Stufen nach unten – aneinander vorbei.

Als ich noch einmal rund um den Spiegelweiher gegangen bin, hat mich meine Familie eingeholt. Keine Kastanie. Auch kein Sommerspeisesaal. An jedem letzten Sonntag des Monats bleibt Schloss Augustusburg zu Brühl geschlossen. Aber ein ausgedehnter Spaziergang bis zum Jagdschloss Falkenlust, blaue Entenfedern und gefütterte Schwäne.

Als wir sechs Stunden später beim Parkausgang ankommen, sehe ich ihn, den rechten Fuß auf einem Mauervorsprung, die linke Hand in der Hosentasche, den Kopf leicht zurückgeworfen, verletzlicher, vielleicht auch nur nicht kompromissbereiter Mund. Nicht jung, nicht alt, dann eher jung.

Und er sieht mich, inmitten meiner Familie. Er lächelt. Ich nicht. Vier lose kleine Zöpfe, beschmutzte Schuhe, leere Henkelkörbe. Wir sitzen im Wagen.

„Schläft der Park jetzt auch?"

„Ja, jetzt schläft er auch".

II

Montag, den 29. September.

Immer noch Bilderbuchwetter. Und eine Visitenkarte Teutoburger-
strasse 38.
Ich werde mich vor ihm ausziehen, um ein angezogenes Photo
zurückzubekommen: Mich, die ich nicht kenne: Mich, zornig über
einen Park voll Herbstmäntel. Mich, selbst im Herbstmantel, Stiefel,
Handschuh, Schuh. Mich, abtrünnig. Ohne Kinder. Ohne Mann.
An einem Bilderbuchsonntag allein. Auf heimlicher Flucht zum
Spiegelweiher. Schon aufgehalten, schon ins Bild gesetzt, schon
entdeckt, schon auf der Hut. Nein. Einen Augenblick lang nicht.
Einen Augenblick ahnungsloses Fürmichsein. Er besitzt diesen
Augenblick. Ich hole ihn mir zurück. Mein rechtmäßiges Eigentum.
Die größere Tochter übt ‚Für Elise'. Die kleinere Tochter baut die
Holzeisenbahn auf. Fünf Uhr Nachmittag. In einer Stunde kommt
mein Mann. Ich werde mein Hauskleid anziehen. Ich werde ihm
gefallen. Das ist in Regenmonaten leicht. An Bilderbuchabenden
im Frühling wie im Herbst nicht ganz so leicht. Aber ich kenne
mein Herz und weiß, dass es nicht imstande wäre, eine Liebe, von
der es lebt, schwächer werden zu sehen.
Mein Herz widerspricht. Es behauptet, es allein wüsste, zu was
es imstande ist.
Ich werde mich hüten, es zu widerlegen. Heute Abend nicht. Ich
mache ihm eine Schnur wie einem Papierdrachen, leicht und lang,
und binde es an meinen kleinen Finger an.
Noch zwei Tage bis Oktober, mein Herz. Wir stehlen uns ein Bild
zurück, rechtmäßiges Eigentum zurück, Mantel, Handschuh, Schuh,
unsere heimliche Flucht. Wir werden wissen, wie wir ausgesehen
hätten, nur du und ich, allein. Wenn wir niemandem gefallen
müssten, uns um niemand sorgen müssten, an nichts festhalten
müssten, außer an uns.

Wir waren anscheinend glaubhaft, mein Herz. Er hielt uns für sein gesuchtes Sujet. Alleinstehende Frau im Herbst.

Wir werden auf der Hut sein müssen, so glaubhaft zu bleiben. Es könnte sein, er hat bereits Argwohn geschöpft: Am Parkausgang, drei Kinder und ein Mann. Er sah dem Auto nach, bis es davonfuhr. Lass, mit der langen Drachenschnur muss uns nichts kümmern. Du steigst unter die Wolken, während ich das Treppenhaus betrete (aber verfang dich nicht in den Bäumen, die Teutoburgerstrasse ist voller Bäume), wir werden uns uns zurückholen, unbelichtet, unentwickelt, unentdeckt. Mantel, Handschuh, Schuh.

Ein angezogenes Photo. Er wird nicht dazu kommen, es auszuziehen. Ich werde ihn gut beschäftigen, eine winterliche Garderobe ablegen, langsam, Stück für Stück, und der Kamera Zeit lassen, bis du sicher über den Bäumen bist. Dann mache ich dir ein Zeichen, mit dem kleinen Finger, und du ziehst mich dir nach. Und während wir längst auf der Rückreise sind, träumt er sich nichts von List.

Das ruhige Frühherbstwetter scheint anzuhalten. Man müsste es bitten umzuschlagen.

Die größere Tochter übt immer noch ,Für Elise'. Die kleinere Tochter hat die Holzeisenbahn aufgebaut. Da kommt mein Mann. Er hat eine Arbeit, die er liebt. Er liebt auch mich. Beides beschwingt seinen Schritt.

Ich habe mein Hauskleid nicht angezogen – wie ich es dir versprach, mein Herz.

III

Dienstag, 30. September.

Das Wetter ist umgeschlagen. Ein über der Nordsee angelangter Ausläufer eines Nordmeersturmtiefs überquert im Laufe des Tages das nördliche Deutschland.

Ich bin im nördlichen Deutschland. Ich sehe es durchs Fenster: Es nieselt.

Die größeren Töchter fort in Schule und Kindergarten. Der kleine Sohn da. Aber das weiß er nicht. Er schläft.

Vor zwölf Jahren hatte ich ihn mir gewünscht. Es kam eine Tochter. Töchter haben es leichter – dachte ich. Vor sechs Jahren hatte ich ihn mir gewünscht. Wieder eine Tochter. Schwestern haben es leichter – dachte ich.

Ich werde über dich nachdenken müssen, mein kleiner Sohn. Inzwischen hatte ich vergessen, dich mir zu wünschen.

> Träum, Kindchen, träum
> Im Garten stehn zwei Bäum
> Der eine der trägt Rosen
> Der andre Aprikosen
> Da kommt der König Abendlust
> Und steckt seiner Königin eine Rose an die Brust
> Da reckt sich die Königin mit ihrer Rose
> Und pflückt dem Herrn König eine Aprikose

Aber für den Herrn König mehren sich die Staatsgeschäfte, und die Frau Königin ist zunehmend allein. Wenn sie mit dir spazieren fährt, grüßen sie nur die Enten. Nur die Enten! Das kommt darauf an, meiner kleiner Sohn. Ich wüsste nicht, dass ich dir Rechenschaft schulde. Wenn es jemandem gefallen sollte, auf einer Parkbank neben mir zu sitzen, während du schläfst, stundenlang, unter hochgeschlagenem Verdeck. Weißt du, dass ich ein Abenteuer haben könnte?

Morgen früh um diese Zeit besuche ich einen Mann. Ich werde mich vor ihm aus- und wieder anziehen. Und die Zeit, die zwischen beidem vergeht, könnte ich strecken, abenteuerlang. Während du schläfst unter hochgeschlagenem Verdeck.

Ob ich das möchte? Frag nicht zu früh, mein kleiner Sohn. Gestern habe ich mein Herz an eine Drachenschnur gelassen und mich ihm nur über den Ringfinger, nein, den kleinen Finger nur, verbunden. Aber ich habe ihm befohlen, mich ihm nachzuziehen, sobald es unter der Wolkendecke ist. Kein Abenteuer. Nur eine wichtige Mission. Du kannst sicher sein, mein kleiner Sohn, dass ich sie zu deiner Zufriedenheit erfülle.

Hörst du: Du bist noch keine zwei Monate auf der Welt, und ich leiste dir bereits Versprechen. Ich muss mich vor dir in Acht nehmen. Deinen Schwestern hätte ich nie versichert, dass ich mein Herz in Zaum nehme.

Ihnen hätte ich gesagt, dass er mir vielleicht gefällt, ohne Herbstmantel. Unbotmäßig wie jede ernstere Überraschung.

Ihnen hätte ich vielleicht gesagt, dass die Tage zu langsam verstreichen – seit du da bist, mein kleiner Sohn –, um es ihnen erlauben zu können, ein Abenteuer zu verhindern.

Ich werde es selbst verhindern. Ich glaube mir nicht, dass ich ein Abenteuer will. Auch wenn mein Herz manchmal abenteuerlich will, auch wenn ich längst die Gewohnheit angenommen habe – im Umgang mit ihm – es von Zeit zu Zeit freizulassen, wie man seine Kinder frei lässt, du wirst es ja erfahren, mein kleiner Sohn, wie weit.

Außerdem habe ich das Gefühl, dass mir ein größeres Abenteuer bevorsteht: Ich mir selbst. Ich allein in einer Strasse. Ich komme mir entgegen. Habe ich den Regenschirm aufgespannt? Ich wette, nein. Das ist sehr unvorsichtig von mir. Wenn ich mir nun endlich entgegenkomme, kann ich doch nicht damit anfangen, meine Erkältung zu pflegen. Ich will mir also doch nicht entgegenkommen, offensichtlich noch nicht. Allenfalls so, wie mir Yvonne entgegenkommt, erregt, aber sie hat nie eine Hand frei, um sie mir zu geben. Sie muss sich den Hut festhalten.

Du siehst, es gibt da immer noch einige Dinge, die es einem schwer machen, aus sich selbst klug zu werden, mein kleiner Sohn. Als es gestern Abend telefonierte, habe ich einen Augenblick gedacht, das bin ich, die mit mir telefonieren will. Ich habe den Hörer nicht abgenommen, ich wusste ja, ich kann es nicht sein.

Allerdings vorgestern früh – allein im Wald, die sonntägliche Kastanienallee weiß nicht, wo ich bin, ich hätte mir träumen können, ich wäre mir zum Greifen nah –: Jetzt unbehelligt zum Spiegelweiher gelangen, auf dem erhöhten Rundbecken stehen bleiben, Atem schöpfen, die Steinstufen hinunter.

Nein, etwas hält mich auf. Es ist nichts. Nur ein Mann. Aber er hat eine Kamera. Er hat mich photographiert.

Weiß er jetzt, was ich weiß? Dass ich auf der Flucht war, einer kleinen Flucht, du hast recht, aber auch vor Dir. Du hättest es nicht einmal bemerkt unter deinem Verdeck.

Er weiß es nicht. Er denkt, ich mache einen Herbstspaziergang. Einfach so. Wie eine unabhängige Frau. Alleinstehende Frau im Herbst. Das könnte mir gefallen. Ich würde das Foto gerne sehen. Aber er gibt es mir nicht heraus. Er denkt nicht daran. Und ich habe keinen Zeugen. Keine Spaziergänger rund um den Spiegelweiher. Nur in den Laubengängen links und rechts. Aber die Laubengänge sind noch belaubt.

Immerhin weiß er nichts. Immerhin ist es gut getäuscht.

Eure Stimmen im Waldweg. Noch einen Augenblick unabhängige Frau. An einem Bildungsbuchfamiliensonntag allein.

Noch einen Augenblick, und er hat euch entdeckt. Ich brauche den Film zurück, bevor er euch entdeckt hat. Ich schlage ihm ein anderes Foto vor. Er willigt ein. Nicht sofort. Aber rechtzeitig genug, um euch nicht zu entdecken. Er hat euch nicht entdeckt.

Er hat euch doch entdeckt. Am Parkausgang. Dein Vater fuhr deinen Kinderwagen. Deine Schwestern sind nicht an meiner Hand gegangen. Aber ich bin mit euch in ein Auto gestiegen. Wir sahen ganz nach Familie aus.

Ich werde Mühe haben, ihm seine Entdeckung wieder auszureden, mein kleiner Sohn.

IV
Dienstag, den 30. September. Abends.

Ich habe meinen Pelzmantel vom Speicher geholt. Auch wenn ganz Deutschland morgen, Mittwoch, dem 1. Oktober, wieder unter Hochdruckeinfluss stehen soll. Aber in der Frühe ist es leicht kalt. Im Übrigen werde ich mich hüten, eine winterliche Garderobe anzuziehen, um sie langsam, Stück für Stück abzulegen. Ich mache dir eine kurze Schnur, mein Herz, wie manchen Drachen, die sich zu leicht verfliegen. Nicht weil ich dir misstraute, mein Herz, nicht ernstlich, aber weil mir inzwischen jeder Augenblick von der ersten Treppenstufe, von der wir uns trennen werden an, zu lang vorkommt. Ich bin zornig, weit ab von jedem Abenteuer entfernt. Ich bin nicht sein Sujet. Er weiß es. Er hat gesehen, dass er sich getäuscht hat. Und mir den Film nicht ausgehändigt. Bedingungslos. Er wird ihn mir aushändigen. Bedingungslos. Die Situation hat sich geändert. Man muss seine Sujets wenigstens zu treffen wissen. Eine verheiratete Frau ist keine allein stehende Frau.
Man photographiert keine Frau in Rufweite ihrer Familie.
Man photographiert ungefragt überhaupt keine Frau, in keiner Jahreszeit, in keiner Situation.
Und ohne Herbstmantel. In einem Park voller Herbstmäntel. Auch ich. Passend zur Jahreszeit. Mit den Jahreszeiten gehen.
Er hat nicht im Traum daran gedacht, sich der Jahreszeit anzupassen. Er photographiert den Herbst, wie er mich photographiert hat. Er ist so frei, er hat es sich erlaubt. An einem Herbsttag, an dem keine Kastanie sich einfallen lässt, vom Baum zu fallen und ehemalige kurfürstliche Schlösser für Besucher geschlossen sind. Ich werde den Pelzmantel noch etwas in den Garten hängen, die Abendluft tut ihm gut.
Wir werden uns nicht mehr trennen lassen, nicht wahr, bis zum Frühjahr nicht. Du beengst mich nicht, unterwirfst dich keiner

Mode, unterwirfst mich keiner Mode, bleibst Pelz, wie ich Haut, und alles dazwischen werden wir verschmähen. Uns hüten, wenn wir dich dennoch öffnen müssten, ihn etwas finden zu lassen, das er ausziehen kann, und ihm die Aufmerksamkeit erwiese, die wir einander erweisen: Du, indem du mich wärmst, ich, indem ich dich mich wärmen lasse.

Wir werden beizeiten aufstehen, einander Komplimente machen, damit wir seine spielend überhören können, es wäre ohnehin nicht allzu weit damit her. Nur eine kleine unausgesprochene Verpflichtung, auch er ist nicht ganz so frei.

Er könnte sich sogar dazu verpflichtet fühlen, ein Abenteuer mit uns zu haben, bevor sein Herz Zeit gefunden hat, auch nur einen Takt schneller zu schlagen.

Wir werden ihm das ersparen, schneller sein als die kleine Kunst der Galanterie, wenn er sich darauf verstünde. Es könnte sein. Dann hat es keine Gefahr. Gefahr hat nur das für uns, was mit uns spricht, als hätte es schon immer mit uns gesprochen.

Komm, nicht erinnern, wir müssen schlafen gehen. Es kommt vor, dass man träumt, neu zu leben, und es war nur eine unausgeschlafene Nacht.

V

Mittwoch, der 1. Oktober. Nachts.

Letztes Mondviertel. Ich werde mich hüten, darauf zu bestehen, dass er mir das Foto bedingungslos aushändigt. Zorn verrät sich selbst. Könnte mich ihm entdecken. Noch hat er mich nicht entdeckt.

Hör, mein Mantel, lass dich besänftigen, die Abendluft tat dir gut. Zwing mich nicht, wortbrüchig zu werden. Wir haben uns an die Abmachung zu halten, wir werden es überstehen. Dich öffnen und darunter selbstverständlich vollständig bekleidet sein. Und der Kamera Zeit lassen, während wir eine winterliche Garderobe ablegen, langsam, Stück für Stück.

Ich erlaube dir nicht, dich einzumischen. Ich werde dich über die Stuhllehne hängen. Und da wirst du auf mich warten. Bis ich dich wieder an mich nehme, um mit dir die Treppe hinunterzugehen, einen unentwickelten Film in der Hand.

Er wird uns nicht entdecken, auch wenn er inzwischen zu wissen meint: Sie ist nicht mein Sujet. Ich werde ihn überreden: Sie ist es doch. Nur eine unabhängige Frau ist nicht kompromittierbar. Kann sich Launen erlauben, wie die, ein angezogenes Foto gegen ein ausgezogenes zu tauschen. Nur eine Laune. Ein Gesicht gegen einen Körper. Körper verraten nichts.

Aber das weiß er nicht. Und wenn er es wüsste, müsstest du die Aufgabe übernehmen, ihn zu täuschen, mein Körper, und dich ihm darbieten, während du mich verbirgst. Er darf nicht dazu kommen, nach uns zu fragen. Es könnte unser Vorhaben erschweren. Wir brauchen uns unbehelligt zurück. Er könnte uns durchschauen: Es handelt sich um keine Laune, Launen kompromittieren nicht. Er könnte uns durchschauen: Keine Laune. Keine unabhängige Frau. Keine Laune einer unabhängigen Frau. Auch wenn sie gelegentlich an Bilderbuchsonntagen auf der Flucht sein kann. Auch wenn sie

18

sich gelegentlich selbst so zu träumen versucht: Unabhängig allein. Auch wenn sie gerne gewusst hätte, wie ihr Leben ausgesehen hätte – ohne Kinder und ohne Mann. Hätte sie in der Stadt gelebt? Mit viel oder wenig Post? Mit einer Katze? Mit einer anderen Frau? Mit einem anderen Mann? Mit vielen anderen Männern? Mit einem eigenen Uhrengeschäft? Oder nur Schreibpapier?

Eine unabhängige Frau? Wenn wir das wüssten, mein Körper, mein Herz!

Wir hatten zum Spiegelweiher gewollt, um ihn zu befragen. Was weiß er sich über uns: Ob wir noch kompromittierbar wären? Ob es immer noch etwas gibt, das uns demütigen kann? Wie wir es im Umgang mit uns selbst erfuhren. Kompromittierbar. Demütigbar. Nicht durch die eine oder andere Lebensform. Nicht durch das, was man über uns sagen und denken könnte. Durch niemand und durch nichts, außer vor unserer eigenen frei gewählten Bedingung, unserem eigenen selbsternannten Gesetz, was rede ich, unserer Unfähigkeit, ein Abenteuer zuzulassen, das uns nicht zu lieben und geliebt zu werden erlaubt. Kompromittierbar, demütigbar, wenn es uns nicht gelänge, diese einzige Bedingung aufrecht zu erhalten. Bis jetzt. Oder wüsstest du es inzwischen anders – Spiegelweiher – es könnte sein, und sähst uns neu? Als unabhängige Frau? Als Dame? Auch Damen kompromittieren sich nicht, allenfalls halb, die andere Hälfte behalten sie sich zurück und bleiben mit ihr Dame.
Wir nicht. Darauf verstanden wir uns nicht. Bis jetzt.
Daher, mein Körper, mein Herz – wir wissen es noch nicht – gebt acht. Gefallt, aber verratet mich nicht. Spielt unabhängige Frau oder Dame. Verbergt, dass ihr kompromittierbar ward. Vergesst, dass ihr Liebe zu erwecken habt, bevor ihr euch auf ein Abenteuer einlasst. Er könnte es gegen euch verwenden. Doch keine unabhängige Frau. Noch weiß er es nicht. Noch hat er euch nicht entdeckt. Es wird ihm nicht gelingen. Einen Körper gegen ein Gesicht. Er wird nicht dazu kommen, weiter nachzufragen.

Zeig du dich ihm, mein Körper. Du musst nichts fürchten. Gefall ihm, halt ihm die Augen zu, öffne seine linke Hand oder seine rechte, nimm ihm den Film aus der Hand, halt ihn gut fest in deiner Hand, dann lass die Kamera, ich habe es ihr erlaubt. Du verlierst nichts im Vergleich zu dem, was ich verlöre, wenn uns die List misslingt.

Es bliebe uns in dieser Lage vielleicht nicht Zeit genug, ihm zu erklären, worauf wir, wenn wir ein Abenteuer mit ihm hätten, gezwungen wären zu bestehen.

Lasst, mit der langen Drachenschnur muss uns nichts kümmern. Wir werden ihn überzeugen: Doch sein Sujet, durchaus sein Sujet. Wir werden unser Gesicht unbehelligt im Spiegel sehen.

VI
Teutoburgerstrasse

Die Teutoburgerstrasse steht tatsächlich voller Bäume. Aber kein Papierdrache, der sich in ihnen verfliegen kann.

Er hat mir den Film beim Öffnen der Tür übergeben. Aber ich kann eintreten, wenn ich will. Wenn ich will.

Sehr helle Tapeten. Wenige Möbel. Keine Vorhänge an den Fenstern. Kein Bild. Keine Pflanze. Aber das dunkle Grün des Teppichbodens, das helle Gelb der Sonne.

Möchte ich Trauben? Grüne oder blaue?

Keine Trauben. Kaffee.

Er wird mir einen Kaffee machen. Ein karmesinrotes Kissen. Ich weiß nicht mehr, wie blau war Zigarettenrauch?

Doch keinen Kaffee. Ich habe mich getäuscht. Er nimmt das Tablett zurück.

Ein Teppich, der zu Sonnenbädern verlockt. Ich sage es laut.

Ich könnte Sonnenbäder auf ihm nehmen, soviel ich will.

Aber er wäre dabei?

Er wäre nicht dabei, wenn ich es als Störung empfände. Empfände ich es als Störung? Kaum. Ich glaube nicht. Aber ich bin nicht gekommen, um Sonnenbäder auf einem Teppich zu nehmen. Wozu bin ich gekommen? Auf der Glastischplatte vor mir liegt der Film. Ich nehme ihn in die Hand, ich stehe auf, ich gehe zur Tür. War da nicht eine Abmachung, ein Gegenangebot, eine kleine Transaktion, ein notwendiger Handel? Es hat sich überholt.

Kein Zweig gegen die Fenster. Sie liegen zu hoch. Vorhanglos, ohne Gezweig und Gesträuch, das gegen sie klopft und streift, sind sie nackt.

Er ist aufgestanden, den rechten Fuß auf der Sesselkante, die linke Hand in der Hosentasche, den Kopf leicht zurückgeworfen, den

Mund werde ich küssen, dann weiß ich vielleicht, wie weit nur kompromissbereiter, wie weit verletzlicher Mund.

Er hat sich nicht bewegt unter dem Kuss. Noch weiß ich nichts.

Du hast mir nichts geschmeckt, mein Mund. Gib's zu, nur eine kurze Rast auf seinem Mund hast du gewollt. Kürzer als sie auf dem grünen Teppichboden geworden wäre? Das kann schon sein. Ich werde mich hüten, auf ihm Rast zu halten. Ich gehe an meinen Platz zurück. Ich setze mich wieder hin.

Er hat sich auch wieder gesetzt. Wir unterhalten uns.

Er ist Photograph. In der ...schen Strasse hat er sein Atelier.

Hier hat er keinen Aufnahmeraum?

Nein, hier hat er keinen Aufnahmeraum.

Er wusste also von vorneherein, dass er von meinem Angebot keinen Gebrauch machen wird?

Das wusste er von vorneherein.

Warum keinen Gebrauch?

Ich hätte ihm gesagt, ich brauchte das Sujet für mich selbst.

Er akzeptiere das als Grund?

Er akzeptiere das als Grund.

Und verzichte auf das Sujet?

Verzichte auf das Sujet.

Allein stehende Frau im Herbst?

Allein stehende Frau im Herbst.

Halte es aber nach wie vor für ein zutreffendes Sujet?

Für ein zutreffendes Sujet.

Auch wenn es zufällig verheiratet wäre?

Das besage nichts.

Auch nicht mit kleinen Kindern?

Durchaus nicht. Besage nichts.

Das geht zu leicht. Ob es an dem grünen Teppichboden liegt?

„Ich bin nicht der Ansicht, dass wir uns bereits verstanden hätten".

Er sagt, er teile diese Ansicht. Er hätte mir Orangen anbieten sollen. Trauben war falsch.

Orangen? Das könnte sein.

„Was werden Sie morgen photographieren?"

„Den Vogel Phönix".

„Um ihm drei goldene Federn zu entreißen?"

„Um ihn aus der Asche aufsteigen zu sehen".

„Ich habe drei Tage damit zugebracht, mir zu überlegen, ob ich einen Papierdrachen zu Ihnen mitnehmen werde".

„Es ist zu windstill".

„Aber gestern nicht".

„Gestern nicht".

„Was hätten Sie gemacht, wenn ich gestern zu Ihnen gekommen wäre".

„Sie wären gestern nicht gekommen".

„Ich hätte eine winterliche Garderobe vor Ihnen abgelegt. Aber schon am Abend nicht mehr. Ich war zornig. Dann ließ ich den Zorn. Ich dachte, er verrät mich".

„Verrät den Zorn?"

„Nicht nur den Zorn. Am Morgen hätte es mir vielleicht gefallen, ein Abenteuer mit Ihnen zu haben. In der Nacht dachte ich an List".

„An List?"

„Ich hatte mein Angebot wörtlich gemeint".

„Ich sehe es".

„Aber hatten nicht damit gerechnet?"

„Ich hätte es für eine Zumutung erachtet, damit zu rechnen. Ich hatte nicht damit gerechnet".

„Und jetzt?"

„Hätte mich der Zorn interessiert".

„Aber jetzt wäre ich nicht mehr zornig".

„Ich weiß. Sie wären besser zornig gekommen".

„Eben nicht".

Er lacht. Entspannt.

„Orangen? Geschält oder frisch gepresst?"

„Geschält".

Er geht. Er kommt zurück. Auf dem Tablett eine Orange, ein Teller, ein Messer, eine Serviette. Wenn er mir zumutet, sie selbst zu schälen – er mutet es mir nicht zu. Er schält sie.

Wenn ich den Pelzmantel auszöge, könnte er mich in den Arm nehmen. Da ich ja doch nicht mehr zornig sein werde. Außerdem bin ich vollständig bekleidet.

Ich kann den Pelzmantel nicht ausziehen. Weil ich vollständig bekleidet bin.

Er hat die Apfelsine geschält und in Scheiben geteilt, aber er überzuckert sie nicht.

„Ich hätte Zucker mitbringen sollen".

Er hat sich vorgebeugt und mich über den Tisch weg geküsst. Jetzt kann ich die Apfelsine essen.

„Wir könnten einen Spaziergang machen".

„Warum sollten wir einen Spaziergang machen?"

„Sie haben sich soeben auch von mir küssen lassen".

„Um die Apfelsine essen zu können".

Er sieht mich an. Ich ihn auch. Wenn wir Zeit für einen Briefwechsel hätten. Donnerstag, den 2. Oktober, am Morgen. Freitag, den 3. Oktober, am Morgen. Samstag, den 4. Oktober, ganz in der Frühe.

„Auch wenn man nicht weiß, wie das Wetter an diesem Wochenende wird, würde ich uns eher ein Rendezvous vorschlagen".

Er setzt sich an seinen Schreibtisch.

„Ich bitte um Ort und Zeit".

„Des Rendezvous?"

„Des Rendezvous".

„Kastell Wittem. Autobahn Aachen Lüttich, kurz hinter der holländischen Grenze. Von Samstag dem 4. Oktober gegen 17. Uhr bis Sonntag, den 5. Oktober gegen 10 Uhr 30 – haben Sie?"

„Ich habe" – er schließt den Füllfederhalter –

„und jetzt?"

„Möchte ich gehen".

„Möchten Sie gehen".

Er begleitet mich bis an die Tür.

„Und ich werde Ihnen zu glauben haben?"

„Nicht mir. Dem Rendezvous".

VII

Chlodwigplatz. Ulrepforte. Barbarossaplatz.

Die Straßenbahn fährt über die Ringe. Ich habe einen Sitzplatz und einen unentwickelten Film auf dem Schoß. Ich bin müde, als ob ich eine Liebesnacht verbracht hätte. Aber ich habe keine Liebesnacht verbracht. Ich könnte aufstehen und das laut in die Straßenbahn hineinsagen. Besser nicht. Der Herr mit dem Hut zum Beispiel. Er könnte ihn abnehmen und mir eine Liebesnacht anbieten. Wie komme ich überhaupt auf Liebesnacht? Ich komme von einer geschäftlichen Transaktion. Ich kann sie als geglückt bezeichnen. Ich habe mich nicht erregen müssen. Ich hätte nicht einmal die Türschwelle übertreten müssen. Aber ich war nicht in Eile. Außerdem konnte ich jederzeit gehen. Bin ich gegangen, als ich gehen wollte.

Ein Papierdrachen wäre vollkommen überflüssig gewesen. Im Gegenteil. Hätte mir womöglich Komplikationen gebracht. Und sich doch in den Bäumen verfangen. Was sagst du, mein Herz? Du bist überrascht? Ich nicht. Aber was weißt du schon, du tauschst mir für nichts dein Herzblut. Ich schon, ich schon eher, aber ich kann dir im Augenblick nicht sagen, wer dir das sagt. Außerdem sind wir darauf angewiesen, miteinander auszukommen, ich und du, ich und dein flatterhafter Eigensinn.

Also gut. Du hast mir ein Abenteuer zugedacht. Ich werde es nicht verhindern. Wir haben uns auf ein Rendezvous vertagt. Du und ich. Ich und dein flatterhafter Eigensinn.

Hast du etwa geruht, nach mir zu fragen? Ich hätte etwas anderes gebraucht. Den Gang zum Spiegelweiher. Ungestört. Unaufgehalten. Durch keinen Reiher. Keine Kamera.

Lass. Er ist großzügiger als du. Er lässt die Flucht in die Kamera. Unbelichtet. Er verzichtet auf die Abwicklung der geschäftlichen Angelegenheiten.

Weiß du ihm Dank?

Nein, du bist kokett, du sprichst von einem Sonnenbad auf seinem Teppich. Unterbrich mich nicht. Wenn er mich an deinen Worten gemessen hätte und nicht an meinen, hätte er uns zu diesem Sonnenbad zwingen können. Ich hätte den Preis gezahlt. Ich zahle jeden Preis für meine Seele. Was für ein hochfahrendes Wort? Die Straßenbahn muss schon über den Stadtrand sein. Mir kommt vor, ich kenne mich hier nicht aus, das kommt von eurem Streit, mein Herz und meine Seele.

Was sagst du, mein Kopf? Das Straßenbahnhaltestellenverzeichnis verrät es dir nicht. Ich habe es mir schon gedacht, du erklärst dich für unzuständig.

Das erinnert mich an die Behörde, der ich vergangenen Mittwoch ein Formular zustellen musste. Ich hatte siebzehn Mal den falschen Apparat. Jeder war unzuständig.

Du lächelst. Du sagst, so meinst du es nicht. In behördlichen Dingen wüsstest du genau Bescheid, aber in Frauenfragen –

Ich bitte dich, bei der nächsten Haltestelle steige ich aus, ich lasse mich nicht diskriminieren. Ich – eine Frau? Ich wette, der Fahrer hat diese Fahrt noch nie gemacht. So viel freies Feld in unseren Städten? Man muss sich hüten zu denken. Briefe schreiben dagegen ist angenehm. Ich schreibe einem Kardinal in Rom. Herr Kardinal, ich bitte Sie, wüssten Sie Bescheid in Frauenfragen?

Mein Kopf, mein Herz, mein Körper und meine Seele jetzt hört mir zu, ich dulde keinen Widerspruch, ich habe euch ein Rendezvous bestimmt, als Frau mit einem Mann.

Der Herr mit dem Hut steigt auch hier aus. Ich glaube doch, ich habe mich vertan. Die nächste Haltestelle erst, nein, hier noch nicht, nicht so allein auf freiem Feld, als Frau mit einem Mann.

VIII
1. Brief. Donnerstag, den 2. Oktober. Am Morgen.

„Wenn Sie diesen Brief in den Händen halten, dürfen Sie nicht anfangen, sich zu fürchten. Alle Briefe sind Absagen. Aber ich komme zum Rendezvous.

Das Kastell, das ich Ihnen als Treffpunkt vorschlug, ist eine Festung aus dem 12. Jahrhundert, aber man isst und schläft da sehr gut. Es wird mein erstes Rendezvous. Bisher hatte ich nur Lieben. Sie verstehen: Bevor man einen falschen Satz sagen kann, ist er schon richtig gehört worden. Das ist nicht ganz gerecht gegenüber anderen Sätzen, die nicht falscher gesagt und doch nie richtig gehört werden können, aber eine Tatsache. In diesem Sinn liebe ich Sie nicht. Ich liebe Sie also nicht.

Aber es könnte sein, dass Sie keinen oder nahezu keinen falschen Satz sagen. Dann genügt es, dass ich Ihnen zuhöre, um Ihnen eine mühelosere Zustimmung zu verstehen geben zu können, als sie die Liebe erfordert. Es könnte daher sein, da Sie der erste sorglose Genuss meines Lebens wären. Ihre Anwesenheit beim Sonnenbaden auf Ihrem Teppich hätte ich kaum als Störung empfunden. Allerdings vielleicht auch nicht als Konkurrenz. Der Teppichboden wäre sehr weich und grün gewesen. Aber da waren auch die beiden Küsse, meiner und Ihrer. Wenn ich das trenne so nur, um zwei einzeln gefasste Beschlüsse zu erinnern. Mit einem Wort, es fällt mir schwer, Ihnen zu sagen, ob ich Ihre Gegenwart eher vermissen oder nicht vermissen werde – unter anderen bewunderungswürdigen Gegenständen, meine ich. Deshalb habe ich einen Ort für unser Rendezvous gewählt, an dem ich nichts so leicht vermissen werde. Wenn es Ihnen gelingt, sich gegen den Ort so abzuheben oder sich ihm so einzupassen, dass ich Ihre besondere Gegenwart herbeiwünsche oder auch nur nicht anders als die, die mich umgibt, empfinde würde ich sagen: Ein geglücktes Rendezvous. Für mich.

Wenn ich das trenne, so nur, um zwei unterschiedliche Ausgangs-situationen zu erinnern. Sie befanden sich in diesem Park am Spiegelweiher auf der Suche nach einem geeigneten Objekt. Auch wenn Sie Einspruch erheben würden, ich muss das Wort einen Augenblick lang stehen lassen: Objekt. Ich weiß, Sie haben es etwas anders ausgedrückt, Sie befänden sich auf der Suche nach einem Ihnen noch fehlenden Sujet. Zufällig ich. Sie senkten die Kamera. Sie hatten mich photographiert. (Aus dieser Perspektive irritierte mich das Wort Sujet.) Aber sie machten es wieder gut. Sie gaben dem Sujet einen Namen: Allein stehende Frau im Herbst. Eine Spur zu imposant, um es Ihnen ganz abnehmen zu können, jedenfalls in Bezug auf mich. Ich hätte Ihnen allerdings über diesem nicht ganz angebrachten Kompliment beinahe verziehen, dass Sie mich kurz davor zum Gegenstand, Objekt, Sujet Ihrer Aufmerksamkeit, bzw. der Aufmerksamkeit Ihrer Kamera gemacht hatten, Ihnen auch das strittige Sujet selbst zu überlassen.

Es verhielt sich aber so, dass ich in einem nahen Seitenweg die Stimmen meines Mannes und zumindest einer meiner Töchter unterschied. Und das habe ich Ihnen verborgen. Nicht ganz. Ich habe Sie darauf aufmerksam gemacht, dass Sie sich täuschen. Sie haben mir geantwortet, Sie pflegten sich nicht für die Ansichten Ihrer Sujets zu interessieren. Ich habe es in diesem Fall dabei bewenden lassen. Warum? Zweifellos weil ich mich nicht so schnell von Ihrem nicht ganz angebrachten Kompliment trennen wollte. Einerseits. Andererseits: Das Kompliment war nicht ganz falsch. An dieser Stelle bitte ich Sie, sich zu erinnern, was ich Ihnen eben über die Liebe sagte. Denken Sie sich also in diesem Zusammenhang die Geschichte einer Ehe und wenn Sie so wollen eine Reihe anderer Geschichten, die nicht allzu viel miteinander gemeinsam haben als eben den Mechanismus, den ich Ihnen beschrieb, das Richtighören von unter Umständen falschen Sätzen, den Mechanismus der Liebe.

Vor diesem Mechanismus war ich auf der Flucht – einer kleinen Flucht – ich hatte den Spiegelweiher noch nicht einmal ganz erreicht – Sie haben das Ihre dazu getan, sie aufzuhalten. Missverstehen Sie mich

nicht, nicht in den Mechanismus, vor dem ich auf der Flucht war,
zurück. Er wird auf uns – Sie und mich – keine Anwendung finden.
Aber wie Sie sehen, schreibe ich Ihnen und erachte das für etwas,
das dem gleichkommen dürfte, das Sie unbelichtet an mich zurück-
gegeben haben: Ich zeige Ihnen mein Gesicht. Und wie Sie sehen
werden, komme ich zum Rendezvous und erachte das für etwas, das
dem gleichkommen dürfte, auf das Sie freimütig verzichtet haben:
Ich zeige Ihnen meinen Körper.
Wobei ich das Wort zeigen in beiden Fällen lieber durch ein anderes
Wort ersetzen würde. Beim Zeigen bewegt man sich nicht. Die Kamera
hat es zumindest lieber, wenn man sich nicht bewegt. Aber ich möchte
mich bewegen. Körper und Gesicht. Und möchte, dass Sie es mir
gleichtun werden, damit es eine Unterhaltung wird.
Mit Unterhaltung meine ich, den Dingen und Begriffen die Freiheit
vom ersten Tag lassen. Ich könnte mir denken, dass uns das gelingt.
Gott – ich bitte Sie auch diesem Zwischending die eben angedeutete
Freiheit zu lassen – hat mich in einem längeren Umgang mit ihm daran
gewöhnt, freimütige Unterhaltungen zu entbehren. Ich muss Ihnen
gestehen, er erschien mir des Öfteren wortklauberisch wie ein Händler.
Er schriebe noch der Abenddämmerung – auch er ist nicht ganz so
frei – ihre Dämmerstunde vor, weltweit, unterschiedslos gleich, wie
er von mir verlangt, meine Kinder pünktlich zu wecken, meine Tassen
sauber zu spülen, meinem Mann zu gefallen, die Augenbrauen nach
der Mode nachzuziehen. Und zum Schneuzen das Taschentuch. Sie
wissen schon: Die beste Schule für den Umgang mit dem irdischen
Mann.
Das sagen Sie nicht, ich weiß. Sonst entfiele der Anlass für unser
Rendezvous. Es benötigt die freimütige Rede. Es ist die freimütige
Rede. Es misst keinem Wort und keiner Bewegung eine Bedeutung
zu, die nicht beabsichtigt gewesen wäre. Es respektiert die Absicht
und deutet nicht. Absicht und Zufall haben gleiches Recht. Aber
sonst nichts – nicht darunter und nicht darüber. Kein Anspruch. Kein
Grundsatz. Keine Not. Keine Angst. Keine Lüge. Kein Ersatz. Damit
gedeiht kein Rendezvous, manchmal nicht einmal eine Liebe. sie

sehen, verwechseln sie es nicht, ich meine Rendezvous, nicht Liebe.
Ein Rendezvous braucht nicht viel. Einige Quadratmeter Raum, um sich
mit Abstand zu sehen. Einige Quadratmeter Raum, um aufeinander
zuzugehen. Taglicht und elektrisches Licht. Auch Trauben, grüne
und blaue. Apfelsinen kennen wir schon. Aber wir hindern sie nicht,
zwischen den Trauben zu liegen. Wir verschmähen auch den Teppich
nicht, kein Bett und keinen Sessel. Lichtschutzgardinen dürfen sein,
heißes Wasser um darin zu baden, kaltes Wasser, um nicht zur Unzeit
müde zu sein, auch wenn man sich beim Apfelsinenschälen in die
Finger schneidet, ist kaltes Wasser gut.
Mehr braucht es nicht, und hat es das, ich meine das Rendezvous, und
ich bemerkte Ihre besondere Gegenwart zwischen diesen Dingen nicht
oder zöge Sie ihnen vor – das weiß man nicht – wäre das Rendezvous
geglückt. Für mich.
Was Sie betrifft – Sie haben Zeit, es zu überdenken. Wenn es Ihnen so
nicht geheuer ist, riete ich, verpassen Sie unser Rendezvous – nicht
ohne mich vorher benachrichtigt zu haben, selbstverständlich: Es
ist zu windig heute, ich kann nicht aus dem Haus."

IX

2. Brief. Freitag, den 3. Oktober. Am Morgen.

„Es wird keinen Wind geben. Wenn ich aus dem Fenster sehe, sehe ich kaum das Haus gegenüber. Frühnebel. Es heißt, bis zum Mittag hat er sich aufgelöst. In der Nacht zum Samstag allerdings kann geringfügiger Wind aufkommen. Die weiteren Aussichten versichern indessen, dass es schwachwindig bleibt. Sie werden also kommen, nicht wahr?

Aber deshalb schreibe ich Ihnen nicht. Ich schreibe Ihnen, weil ich Grund habe zu fürchten, in einem Punkt noch zu undeutlich gewesen zu sein. Und wenn Sie nun morgen gegen 17 Uhr auf dem Kiesweg in Höhe der Platanengruppe stehen und auf mich warten, und ich hätte mich in diesem Punkt nicht deutlicher erklärt, könnte es sein, Sie erinnerten sich meines Briefs vom Donnerstag doch nicht deutlich genug. Ich muss Sie also bitten, mir noch etwas zuzuhören, weil es morgen für derartige Erklärungen zu spät sein könnte.

Da Sie mich morgen zum dritten Mal und nicht zum ersten Mal sehen, bestünde eigentlich kein Anlass, Ihnen zu sagen, dass ich klein bin, jedenfalls eine Spur kleiner als etwa mittelgroß. Aber es könnte sein, das fiele unter einer Platanengruppe mehr auf als in einem beinahe leeren Zimmer, in dem sich zudem kein einziger Gegenstand von einiger Höhe befand. Sie verstehen: Ich möchte verhindern, dass ich Sie rühre.

Das ist eine Empfindung, die hauptsächlich unvorbereitete Gemüter trifft. Deshalb möchte ich Sie vorbereiten. Wenn man schon einige Zeit im Umgang mit der Welt lebt, kennt man seine Wirkungen ziemlich genau und kann sie in Rechnung stellen.

Ich weiß, dass ich auf den ersten Blick rühre. Auf den zweiten schon weniger. Der dritte nimmt deutlich Distanz, der vierte kommt zögernd zurück, nicht immer, aber manchmal, der fünfte will mit dem Zurückkommen nichts gesagt haben, der sechste hat es sich anders überlegt, auch hat er nicht so viel Zeit, nicht immer, aber meistens, besonders dann, wenn er kurz vor seinem Weggang noch eine bündige Frage gestellt hat, die nicht ebenso bündig beantwortet wurde. Sie sehen: Lange nichts mehr von Rührung.

Sie lagen mit der Beurteilung Ihres Sujets also durchaus nicht falsch, aber ich bestehe auf meiner Bitte, mir weiter zuzuhören. Denn unter einer Platanengruppe könnte sich Ihre Einschätzung ändern. Das wäre ein Missverständnis. Womit ich nicht sage, dass es nicht auch die Fälle gab, wo sich so etwas wie Rührung während der Dauer der Beziehung erhalten hat und doch nichts bewiesen hat, Unschädliches jedenfalls immer nur da, wo sie wusste, dass sie eigentlich überflüssig war, aber trotzdem gerührt sein wollte.

Zu dieser letzten Form können also auch Sie, wenn Sie sich genötigt sähen, eine kleine Modifikation Ihrer Einschätzung meiner Person vorzunehmen, unschädliche Zuflucht nehmen. In der unvorbereitet arglosen Form des ersten Blicks indessen täuschten Sie sich.

Sie wissen ja, wenn man eine Violine aus ihrem sie wohl verwahrenden Kasten nimmt, schützt die Violine immer noch ein Samt, dichter als der Samt ihres Kastens. Wie das Ertrunkenengesicht der Wasserrose täuschend rührt, es ist ihr Element. Häuserzeilen im Umkreis von Fabriken rühren nicht. Sie sehen die Unangebrachtheit der Rührung. Auch ich werde mich bewahren, weil es nichts gibt, was man mir nehmen kann, es bleibt mein Herz, mein Haar, meine Haut. Nicht ganz so voreilig? Sie haben Recht. Wie es denn gewesen wäre, wenn Sie auf einem Handel bestanden hätten? Auch dann, mein Herz, mein Haar, meine Haut. Und wenn Sie mich vergewaltigt hätten? Auch dann mein Herz, mein Haar, meine Haut. Und wenn Sie mich getötet hätten? Auch dann mein Herz, mein Haar, meine Haut. Selbst dann hätte mich ein Samt geschützt, Herz, Haar und Haut ein Samt geschützt, man gehört nicht der Gewalt, die einen greift. Das wird kein Streitpunkt zwischen uns. Man erinnert klare Sachverhalte ja nur, um die unklareren an ihnen zu klären. Häuserzeilen im Umkreis von Fabriken zum Beispiel. Nicht einmal die Bäume wissen mehr, was grün ist. Fassaden, Fenster, Türen, Autodächer, Häuserdächer, vom Asphalt bis zu den Wolken, Taggesichter, Nachtgesichter, reihenweise Kolonnen morgens früh um sechs, nachmittags um drei, gebetsmühlengrau, da flattert kein weißes Hemd und keine rote Schürze.

Und wenn man nun seine Mütze dreht, mal links, mal rechts, mit einem Bein in der Morgenkälte draußen, das andere noch in der Tür –: Was soll man dazu sagen, es ist wohl so, wie es sein soll, wie es war, wie es ist. Und wenn man das Laken über sich zieht, der Mann muss nicht wissen, dass man noch nicht schläft, die Straßenlaterne ist zu hell, er zieht das Laken weg –: Wie soll man sich lieben, wenn man sich nicht liebt. Doch, man liebt sich ja, es ist wohl so, wie es sein soll, wie es war, wie es ist.

Sie verstehen: Ich meine den Sachverhalt der Demütigung. Ein unklarerer Sachverhalt als der Sachverhalt der Gewalt. Man kann ihn nicht so ohne weiteres von außen erkennen. Ohne das Gefühl der Demütigung, ein subjektives Gefühl, existierte es nicht einmal. Ich habe ihm deshalb bisher größere Aufmerksamkeit erwiesen als dem Sachverhalt der Gewalt. Ich habe mir eine Bedingung gestellt, ich habe mir ein Gesetz ernannt, ich habe mir einen Grenzstrich gezogen: Ich gehe, wo man mich kränkt.

Auch das wird kein Streitpunkt zwischen uns? Es könnte sein. Zumindest, wenn ich Sie nun morgen gegen 17 Uhr bei der Platanengruppe abhole und Ihnen über den Kiesweg folge, werden Sie sich hüten, mir zu verstehen zu geben, dass Sie die Absicht hätten, mich zu kränken. Was Sie nicht einmal etwas kosten muss, das könnte sein.

Aber – und hier ist der Punkt, an dem ich fürchte, nicht deutlich genug geworden zu sein. – auch wenn Sie sich zutrauten, mich siebzehneinhalb Stunden nicht zu kränken – die Dauer unseres Rendezvous – auch das könnte sein: Mein Brief von Donnerstag steht nicht in Widerspruch zu dem Brief, an dem ich Ihnen soeben noch schreibe. Ich meine Rendezvous. Nicht Liebe. So sehr Sie mir die Demütigung ersparen müssen, mich zu kränken, so wenig bedeutet das, dass ich Sie lieben werde im Wortsinn meiner Ihnen angedeuteten Bereitschaft, auch den falschen Satz richtig zu hören, auch die falsche Bewegung zu decken. Ich meine Rendezvous. Nicht Liebe.

Aber so, wie ich meine Milchtüten in Geschäften einzukaufen pflege, in denen man mich freundlich begrüßt, sehe ich keinen Anlass, ausgerechnet bei einem Rendezvous eine Ausnahme von der Regel zu machen. Wobei, wie ich Ihnen gestehen muss, für mich zudem völlig bedeutungslos wäre, ob Sie mich zuviel oder zu wenig liebten, um freundlich mit mir zu sein. Ich bitte Sie, hier nicht zu lächeln. Es ist die einzige Bedingung, auf der ich bestehen muss. Ihre Gefühle interessieren mich nicht, wechselten auch zu schnell, um daraus klug zu werden, ich nicht und Sie nicht. Sollten Sie das versuchen wollen, riete ich Ihnen eher zu angeln.

Ich sage Rendezvous. Und wenn ich Ihnen – nach unserem Rendezvous – die Erlaubnis geben werde, mich noch einmal so zu photographieren, wie Sie mich am Spiegelweiher photographierten, mit Mantel, Handschuh, Schuh – und Sie diese Photographie entwickeln dürfen, für Ihre Sammlung – wissen Sie: Das Rendezvous ist geglückt, kein falscher Satz, keine falsche Bewegung. Der Mantel der Barmherzigkeit deckt beides zu. Ich auch. Bis zu unserem Rendezvous. Ich werde es nicht mehr tun. Ich bin voreilig? Das könnte sein. Aber man nennt seine Ansprüche nicht dem Bettler, nicht wahr, allenfalls dem König. Ist das deutlich genug? Sie erinnern sich: Ich wollte verhindern, dass ich Sie rühre".

X
Freitag, der 3. Oktober. Am Abend

Vor einer Stunde ist die Sonne untergegangen. Für die Nacht sind
7 Grad angesagt. Ich werde die Hängegeranien an den Fenstern
gegen Heidekraut auswechseln müssen. Das lasse ich dann stehen
bis zum Dezember. Und bevor der erste Nachtfrost kommt – oder
wenn er doch schon gekommen wäre, die Kästen über Nacht
ins Haus hinein nehmen, um die Erde aufzutauen – wechsle ich
noch einmal aus und nehme das Heidekraut wieder heraus für
Tannengrün. Blüh auf, gefrorener Christ. Nein, erst im Mai. Es
muss doch erst geboren werden.
Wenn ich dich breche, Tannengrün, in kleine Zweige und dich in
die aufgetaute Erde stecke und nach draußen hänge in deinen
Kästen – zwölf Kästen um das ganze Haus, musst du darin aufrecht
stehn durch den ganzen Winter und dich nicht verschneien lassen
und ihm Ehr erweisen, so ein kleines Kind und weiß nicht mal,
was auf es wartet, eine ganze Welt, verrat's ihm nicht, es braucht
noch seinen Schlaf.
Da kommt mein Mann, ich muss ihm sagen – er beugt sich über
das kleine Eisentor, er hat den Schlüssel zweimal im Schloss
umgedreht, – ich muss ihm sagen – ich muss mal sehn, wo hat
es denn Premieren. Ich gehe zum Rendezvous und du gehst zur
Premiere. Außerdem fährst du täglich in die Stadt und hast ein
Arbeitszimmer mit Blick in den Park und eine Sekretärin.
Kolleginnen nimmst du im Wagen mit, und wenn ich frage: Blond
oder braun, ziehst du die Augenbrauen hoch, so hoch wie die
Kollegin: *„Sie suchen sicher Ihren Mann? Drei Zimmer weiter nebenan."*
Was soll man schon suchen als seinen Mann mit einem Sechs-
wochenkind auf dem Arm in einem wichtigen Haus.
Dabei hätte man mir nicht vorwerfen können, ein Pfund zu viel
zu haben über die Geburt hinaus. Und ohne Kind auf dem Arm

– dein Kind, mein Kind, unser Kind – sieht man mir nichts an.
Wir vertauschen die Rollen einige Stunden lang: Ich gehe und
du hütest das Haus. Noch nicht, du siehst müde aus, ich decke
den Abendtisch.

> Denn wo das Strenge mit dem Zarten
> Wo Starkes sich und Mildes paarten,
> Da gibt es einen guten Klang.
> Der Mann muss hinaus ins feindliche Leben
> Muss wirken und streben.
> Da strömt herbei die unendliche Gabe
> Es füllt sich der Speicher mit köstlicher Habe
> Die Räume wachsen, es dehnt sich das Haus.
> Und drinnen waltet die züchtige Hausfrau
> Die Mutter der Kinder und herrschet weise
> im häuslichen Kreise.
> Und lehret die Mädchen und wehret den Knaben
> Und reget ohne Ende die fleißigen Hände
> Und mehrt den Gewinn mit ordnendem Sinn.

„Wie oft soll ich euch sagen, dass ihr nicht mit ungewaschenen
Händen – wo ist die Linke Zopfspange – ihr wisst, dass euch das
Haar sonst ins Essen – euer Vater braucht Ruhe – gleich, mein Sohn".
Wir sitzen am Tisch.
Die kleinere Tochter zählt ihre Freunde auf: „... einundzwanzig,
zweiundzwanzig – der Kindergarten und ich".
„Man zählt sich nicht mit, wenn man seine Freunde aufzählt",
verbessert mein Mann.
„Und wenn man sonst keinen Freund hat" – die größere Tochter
stellt gerne tiefsinnige Fragen.
„Dann kann man sich mitzählen", sagt mein Mann.
Wir essen zu Abend.
„Und was machen wir an diesem Wochenende?"
Die größere Tochter schlägt ein Bergwerkmuseum vor.

„*Aber wir haben die Burg gar nicht gesehen*", sagt die kleinere Tochter.

„*Du meinst Schloss Augustusburg zu Brühl*", verbessert die größere Tochter.

Zuck nicht, mein Herz, du bist es selber Schuld. Er hatte uns schon freigegeben. Verrat dich nur, ich springe dir nicht bei. Ich hatte dich gewarnt.

„*Ich werde an diesem Wochenende nicht mit euch gehen, ich bin allein verabredet*".

„*Seit wann denn das*" – lächelt mein Mann.

„*Seit dem letzten Wochenende*".

Wenn wir Gäste hätten, könnte es sein, er fühlte sich verpflichtet zu sagen: Man kann seine Frau nicht einen Augenblick aus dem Auge – So sagt er es nicht, er nimmt es nur zur Kenntnis. Die größere Tochter bleibt interessiert: „*Wo denn, Mama, erzähl*".

Ich erzähle: Die sonntägliche Kastanienallee, die grünen Kastanien rühren sich nicht, keine einzige springt vom Baum, ich gehe einen Seitenweg hinein, da liegt der Spiegelweiher, auf der zweiten Steinstufe von oben bleibe ich stehen, auf der zweiten Steinstufe von unten senkt er einen Kamera.

„*Er? Wer? Mama*".

Mein Mann blickt auf die Uhr: „*Später, es ist Zeit. Schlafengehen*".

Und als die Töchter längst schlafen –:

„*Senkt er eine Kamera?*" – fragt mein Mann.

„*Senkt er eine Kamera*".

„*Und weiter?*"

„*Gibt mir den Film heraus*".

„*Ach – und warum das?*"

„*Er hatte mich photographiert*".

„*Ein Kompliment. Übrigens sehr rücksichtsvoll*".

„*Sehr rücksichtsvoll*".

„*Und jetzt?*"

„*Haben wir ein Rendezvous*".

„*So, ein Rendezvous*".

Schon schütze ich ihn. Ich habe nichts von einem erzwungenen Gegenangebot gesagt, von einem Besuch in seiner Straße in seiner Wohnung. Allerdings wozu? Sehr rücksichtsvoll. Er hat mich gehen lassen im Pelzmantel, ohne ihn zu öffnen. „*Er hat mich gehen lassen, im Pelzmantel, ohne ihn zu öffnen*".

„*Sehr rücksichtsvoll. Wieso Pelzmantel? Du hattest doch den neuen Herbstmantel an*".

„*Das zweite Mal, meine ich*".

„*Ich verstehe, sagt mein Mann*".

XI
Samstag, der 4. Oktober.

Seit einer Viertelstunde scheint der Mond. Halb eins.

„Die Freiheit ist die bewunderungswürdigste Gestalt der Welt",
sagte mein Mann kurz bevor wir uns in der Zimmertür trennten.
Das sagt er in Variationen seit vierzehn Jahren.
Aber das war nicht der Grund für unsere Ehe. Ich hatte ihm das
Gegenteil beweisen gewollt. Zu diesem Zweck sagte ich: Wir
brauchen ein Haus. Wer hat da gesiegt? Wer siegt da immer noch?
Er hat Freiheit und Haus. Ich ein Haus und Freiheit. Inzwischen
ist es ihm zum Bedürfnis geworden. Inzwischen ist sie mir zum
Bedürfnis geworden. Auch wenn ich sie immer noch eine Spur
anders verwende als er. Es kommt vor, dass er behauptet, dass
meine Freiheit Blüten treibt, die hätte er nicht gewollt. Aber wenn
ich ihm entgegen halte: Warum deine nicht auch, tritt er mit
nackten Füßen ins Gras, bläuliches Gras, weiches Gras, direkt
unter meinem Fenster.
Aber ich weiß, was ich weiß. Er ist vergesslicher als ich. Er könnte
mich vergessen. Einfach so. Im bläulichen Gras. Zumindest auf
Augenblicke. Ich ihn nicht. Ich vergesse nichts. Auch nicht auf
Augenblicke. Und ich muss mehr behalten. Aber es kommt vor,
dass ich ungeduldiger werde. Zu umständlichen Einleitungen aus
dem Wege gehe, unbeabsichtigt umständlichen, meine ich. Es
kommt vor, dass ich unter einer Pappel, Birke, Ulme wissen will:
Und jetzt? Wie Sophie, Anna, Tina und Kathrein, nur ohne mit
dem Fuß aufzustampfen, aber man muss sich doch zu irgendetwas
entscheiden.
Dabei weiß ich genau: Käme einmal einer von weit her, ganz außer
Atem, womöglich mit kranker Lunge, auch wenn man die jetzt
heilen kann, so außer Atem, dass er keine Zeit darauf verwenden

will, seine Heilung erst zu suchen, und suchte stattdessen nach einem Wort und kann es nicht in seiner Kehle finden, er hat es mit den überflüssigen Wörtern versehentlich mit ausgespuckt, suchte ich ihm jedes einzelne Wort vom Boden auf, damit er das Richtige unter ihnen findet.

Ich habe also Zeit. Viel Zeit. Sie hält Schritt mit meiner Ungeduld und hat den eine Spur längeren Atem. Du musst dich nicht so hetzen, dein Hemd wird nass, und Davos gibt es auch nicht mehr, sei nicht trotzig, so aufwendig stirbt heute keiner mehr, spar dir den sozialkritischen Bericht. Such ruhig dein Wort und verhasple dich nicht, ich höre ja und bücke mich, wenn du kommst.

Morgen indessen bist du es nicht, bist du noch manche Tagreise entfernt. Morgen habe ich ein Rendezvous. Mit einem schönen Mann. Ich muss mich darauf konzentrieren. Ebenso schön sein wie er. Davon verstehst du nichts. Aber ich. Und der Mond. Aber den brauchen wir nicht. Nur Taglicht und elektrisches Licht. Wir haben ihm versprochen, uns zu zeigen.

Ich will zum Spiegel gehen, er soll mir sagen, Herz, zuck mir nicht, Schmerz, komm sanft aber unbeirrt, ich öffne dir die Poren, Zunge, liegt nicht so stumm, ich kaufe dir Anis, Ohren, braust nicht so laut, ich höre sonst kein Weinen, es kann sein, er hat sich freigelegt, die Wiege steht am Fenster.

Die Freiheit ist die bewunderungswürdigste Gestalt der Welt? Wir wissen es anders, mein Körper. Brust, heb und senk dich nicht so schnell, ich gebe dir mein Leinen, es hat mir oft den Kopf gekühlt. Hemd, sei nicht so kalt, befiehl dem Blut, dass es dir durch die Adern fliesst. Füße, grollt ihr mir? Es wird euch doch kein Leids geschehen, doch es wird euch Leids geschehen, euch allen, Haut, Zunge, Ohren, Füße, Brust, wisst ihr den Sinn diesen Unglücks? Kommt, wir müssen einschlafen, sonst sind wir morgen nicht schön, und der Herr verschmäht es, uns zu sehen. Wimpern, legt euch fest aufeinander, jetzt, morgen nicht, wir dürfen ihm kein falsches Einverständnis machen. Wir haben ihm zwei lange Briefe geschrieben, damit er uns respektiert. Wir haben ihn sogar gewarnt. Wir haben ihm gesagt, dass wir zu rühren verstehen und ihn so nicht gewinnen wollen. Wie denn?

Bein, bleib ruhig ausgestreckt, Schulter, bleib mir zugekehrt, ich will es euch erklären. Denkt, ihr geht nackt durch einen Wald, und wenn er euch entgegenkommt – so ist es ja gedacht – setzt euch auf einen Baumstumpf. Er wird sich zu euch setzen, in eure Nähe, zwischen Farn und Gras. Auch er hält die Freiheit für die bewunderungswürdigste Gestalt der Welt. Ein Abenteurer, ganz ohne Haus.

Er hat uns einen Brief geschickt in einem gelben Auto. Heute Nachmittag. So etwas kann die Post, wenn sie sich eilt. Er sagt, er kommt zum Rendezvous. Er frage nicht nach Windverhältnissen. Außerdem, da, wo er seine Milchtüten einzukaufen pflegt verstünde man sich auf freundliche Bedienung. Im Übrigen, er habe es mir ja gesagt, er wüsste seine Sujets zu wählen. Er schätze nur unabhängige Frauen. Er schätzt nur unabhängige Frauen. Kommt, meine Schultern, Wimpern, Hüfte, Bein, ich muss euch abbitten, dass ich euch für so kleinbürgerlich hielt, mit Bienenfleiß und Schmerz und stummer Kränkung, Galopp und Trab, Batist und Bitternis, ihr habt es gut gemacht, feinfeines Handgelenk, du dauerst mich am meisten, dem Mantel der Barmherzigkeit fehlt immer noch ein Ärmel, den Webstuhl hätten wir uns nicht geträumt, ich fand ihn in der Kammer, wir wollen nicht übertreiben, ich habe dich eigenhändig an ihn gesetzt, damit du mir nicht müßig bist, wenn deine Schwester, die Braue, zuckt, der Puls, ein Teil von dir, kaum hörbar schlug, die Brüste den Schnee durchbrannten, Leinen und Batist, der Mund sich nicht öffnen wollte – die Zunge gegen den Gaumen verstellt, nur der Schoß ließ sich nicht beirren, eng an einen anderen geschmiegt, der ihm wohler will als Leinen und Batist und ihn wiegend erschließt, aber nicht den Schrei in der Kehle, er will nicht länger so abgetrennt sein und sich, ehe er aus ihr ausbrechen kann, am Batistärmel selbst ersticken.

Ich nehme euch euer Zaumzeug ab. Mund, du bist frei. Erlaub der Kehle, was sie leiden will zu leiden, erstick es nicht am Ärmelbatist.

Brüste, verschmäht, was euch kühlen will, ihr durchbrennt es nicht, kein Hauskleid, Leinen und Batist. Ich gebe euch den Schlüssel zu allen Schränken, nehmt euch nur den grünen Hut und die schwarzen Strümpfe.

Sein Teppich ist leer, seine Fenster sind nackt, ihr könnt mit ihm reden. Ihr könnt ebenso gut schon jetzt wach bleiben, er befiehlt euch nicht, schlaft euch ein Rot auf die Wange, scherzt euch Batist ums Handgelenk, verschweigt euch wie eine Dame.

Die Freiheit ist die bewunderungswürdigste Gestalt der Welt. Wenn ihr es immer noch nicht glaubt, werdet ihr es an seiner Seite lernen.

XII

Samstag, der 4. Oktober. Am Morgen.

Und ich habe ihm gesagt, es wird mein erstes Rendezvous. Und der Strumpf will nicht über das Bein. Und bis zur holländischen Grenze. Ich nehme ein Taxi. Aber ich habe Zeit. Ich muss auch die Post abwarten. Bei der Freiheit weiß man nie, auch wenn sie unabhängig ist von Windverhältnissen.

Wenn es Ihnen so nicht geheuer ist – und wie geheuer Ihnen, meine Dame? Wie kann es mir mit mir selbst nicht geheuer sein. Für den größten Teil Deutschlands ist ein Hoch über Südost wetterbestimmend. Lediglich der Nordwesten und der Nordosten werden von einer Kaltfront erfasst. Es wird kalt, aber es bleibt geheuer.

Um 10 Uhr kommt das Postauto, ich setze mich angekleidet ans Fenster. Bei der Freiheit weiß man nie, ich bin auf alle Fälle schwarz gekleidet. Wäsche, Strumpf und Schuh, Handschuh, Kleid und Reißverschluss, nein, 20 kleine Knöpfe. Nur der Pelzmantel ist weiß. Man kann nicht ganz schwarz auf den Friedhof gehen. Allerseelen hat er uns nachgesehen. Aus dem Fegefeuer.

Wir werden dies Jahr wieder gehen. Und erzählen ihm von unserem Rendezvous. Das hat er gerne. Aber für ihn müssen wir Rouge auflegen zwischen Zedern und Zypressen. Dann erinnert er sich: Die Bistros in Paris, Fontainebleau im Sonnenschein, nicht wahr, du könntest noch leben. Aber dann wärst du eifersüchtig, viel eifersüchtiger als mein Mann, fast so eifersüchtig wie Solange, sie verbietet mir, mit Männern zu schlafen.

Ich kann ihr den Wunsch nicht erfüllen, nicht dir, Solange, vielleicht einer anderen Frau. Aber die verbietet mir das nicht, der müsste ich es selber verbieten, was ich nicht tun werde, Solange, nicht tun werde.

Als ich sie auf der grünen Bank wieder sah, nach viereinhalb Jahren, habe ich gedacht, ich muss mich knien und sie von ganz tief unten aus dem Wasser ziehn, wie das Wasser staubt, es sprüht, es sprüht und weht mit an den Schläfen, aus ihren Schläfen, aus ihrer Stirn zurück musste ich die nassen Haare streichen.

Das gelbe Postauto. Du amüsierst mich, mein Herz, du hättest Anlass genug, in die Berge von Schantung zu gehen. Ein bisschen denken. Das Postauto fährt dich hin, wenn ich ihm ein Extrageld gebe. Nein, du willst nur wissen: Hat er einen Brief? Nicht für dich, wenn überhaupt. Ich gehe, du bleibst da.

Kein Brief. Da hast du es. Er ist schon in Schantung. Zum Denken. Nein. er denkt nicht. Er geht zum Rendezvous. Mit wem? Mit mir. Und wer ist das? Wenn man das wissen könnte.

Auch ich muss jetzt wohl gehen. Zum Rendezvous. Mit wem? Mich eilen. Am Friedhof lang, Zedern und Zypressen, ich wink euch mit dem Taschentuch, ich komme bald zurück, erzähl euch dann. Aber nicht von Liebe. Bleibt ihr solang im Sonnenschein, im Höllenkreis, im ersten, zweiten Höllenkreis auf Wache.

Spiegel, klapp mir nicht zurück, ich will mir den Hut feststecken, nein, keinen Hut, wenn es so windstill ist, braucht man keinen Hut, oder gerade – nein, wir lassen es, es bleibt dabei, kein Hut.

Elster, ausgestopfter Vogel über mir, weiß du, dass man von dir sagt, dass du diebisch bist? Willst du meinen Ring vom Finger? Ich rate dir zu anderem, stiehl Bachklar, Immortellenblau, Blitzschnell, Kreisrund und Kerngesund, er hat es an der Brust, er hat es an der Lunge, er schreibt mir Briefe, Nacht für Nacht, aber verzögert seine Ankunft, verhaspelt sich und kühlt sich aus, mit nassem Hemd, lässt mich das Wort nicht finden, er will es selbst – es ist schon gut, wenn es dir einfällt, dieses Wochenende noch, ruf an: Kasteel Wittem. Kurz hinter der holländischen Grenze.

Ich will zum Telefon. Ich muss dir sagen, ich wäre da, wenn du mich brauchst, auch wenn du früher kämst. Ich werde ihm erklären …
Nein, ich hüte mich, er schätzt nur unabhängige Frauen.

Seele, ich muss dir abbitten, dass ich dich für so kleinbürgerlich hielt, mit Zedern und Zypressen, nicht nur beim jährlichen Allerseelengang. Mit Starrsinn, Gnade, Unterpfand. Vergiss mir dein Lügen. Vergiss mir deine Sorge. Ich log, die Aprikosenhaut – es sind so schöne Töchter – erschlafen sie sich über Nacht und nicht durch deine Sorge. Der kleine Sohn wird groß, du musst nicht an der Wiege stehen, er wächst, er wächst im Schlaf, nicht du, wer bist du denn, was bildest du dir ein, lässt wachsen. So ohnmächtig wie hoffärtig bist du, meine Seele. Such dir ein anderes Haus, wenn du nicht befolgen kannst, was ich dir rate. Miet dir ein Paddelboot, ich zeige dir den Strom, flussabwärts musst du paddeln. Ich nehme dich nicht mit zum Rendezvous, du würdest stören.

Seele zum Fluss, Herz nach Schantung, Kopf, ich habe dir ein Coupé bestellt zum Kardinal nach Rom. Es gibt Tee und plaudert sich angenehm in Frauenfragen. Ich gehe allein zum Rendezvous. Spiegel, klapp mir nicht zurück, ich will mir die Lippen nachziehen. Elster, es war dumm von dir, dich ausstopfen zu lassen, auch wenn du mir auch so gefällst, wie du, mein Hirschgeweih. Bei der Freiheit weiß man nie, und ich habe kein Geweih. Schlüssel im Schloss mußt dich zweimal drehn, dann geht es auf. Heidekraut, halt mir durch bis zum Dezember. Haus, steh mir fest, wo's mir ein wenig schwindlig ist, ohne Kopf, ohne Herz, ohne Seele.

XIII
Samstag, 11 Uhr.

Vier Kilometer durch den Wald schadet feinen Schuhen. Aber ich habe Zeit und gehe gerne durch den Wald. Er könnte mir ebenso gut schon jetzt entgegenkommen. Dann nähme ich den Mantel ab und bäte ihn, mich zu begleiten. So kalt ist es nicht. Und still ist es auch, ohne jede Begleitung. Ich könnte schneller gehen. Dann ginge ich im eigenen Gehwind.

Wie vor sechs Tagen. Die sonntägliche Kastanienallee weiß nicht, wo ich bin. Allein auf einem Seitenweg. Ich will den Spiegelweiher sehen. Ich weiß von keinem Mann. Ich weiß von keinen Kindern. Ich gehe schnell, ich muss noch schneller gehen. Wenn sie anfangen, mich zu suchen, haben sie mich schon gefunden.

Da liegt der Spiegelweiher, Atem schöpfen, stille stehen. Ich will ihn fragen, ob er mir weiß, wie anhänglich ich noch bin. Sechs Steinstufen hinunter, und ich kann mich über ihn beugen.

Nein. Etwas hält mich auf. Es ist nichts. Nur ein Mann. Aber er hat eine Kamera. Er hat mich photographiert.

Sie dürfen nicht. Sie haben kein Recht. Geben Sie mir den Film heraus.

Ich denke nicht daran. Das Sujet hatte mir gefehlt. Ich brauche es für meine Sammlung. Und Sie haben keine Zeugen.

Keinen Zeugen im ganzen Wald? Und ich filme ihm eigenhändig den ganzen Film. Tannen, lasst mich unter eure Zweige. Verratet mich nicht. Ich bin nicht im Wald. Hier ging niemand zum Rendezvous, nicht dass ihr wüsstet.

Nein, ich darf nicht stehen bleiben, ihr verrietet mich ihm doch, ich bücke mich unter euren Zweigen weg. Euer Wald ist vier Kilometer lang, aber nicht sehr breit. Ich gewinne leicht freies Feld. Freies Feld und alle vier Winde. Den von Nord, den von West, den von Süd, den von Ost, ein Zipfel Wind genügt.

Hörst du, ich kann pfeifen wie du, schneiden wie du, Nordwind. Ich kenne jede Ebene und jedes Gebirge, jeden Turm in jeder Stadt, ich ziehe an allen Glocken. Oder du, Südwind, ich durchkämme alle Gärten mit dir, bis sie ganz durchsichtig sind, spätestens am Nachmittag. Oder du, von Ost, du, von West, ein Zipfel von euch genügt. Ich bin versehentlich in den Wald gelangt. Ich habe ein Rendezvous in 10000 Meter Höhe.

Nicht mit dem Herrn aus Brenner's Park-Hotel an der Lichtentaler Allee. Nicht in Bad Ems, nicht Bad Pyrmont, nicht im Parc de Sept Heures von Spa.

An der Lichtentaler Allee war ich sehr schön, es gab auch einen Empfang, und später im Casino, der Wintergarten, der Rote Saal, der Saal der tausend Kerzen –: O nein, mein Herr, auch wenn der rote Chiffon durchsichtig ist, ich bin es nicht für Sie, ich folge nur dem Spiel, Black Jack und Baccara und französisches Roulette. Bemühen Sie sich nicht, es wird vergeblich sein. Fragen Sie die Nischen, die Lüster, die Vasen, den Kamin: Beim Roulette denkt keine Frau an einen Mann, auch wenn er ihr zufällig gefiele.

Er gefiel mir nicht, aber das sagt man niemand ins Gesicht, es wirkt so kalt.

So kalt wie Rosas Gesicht, als sie mir sagte, ich gefalle ihr nicht. Jede Koketterie einer Frau in Richtung auf einen Mann empfinde sie wie eine Ohrfeige in das Gesicht jeder anderen Frau.

Ich habe ihr nicht geantwortet, weil ich dasselbe gesagt haben könnte, mit sechzehn, siebzehn Jahren. Vielleicht habe ich es gesagt. Nein, ich erinnere mich deutlich. Ich habe es nicht gesagt. Aber ich habe auch nicht kokettiert, nicht mit sechzehn, siebzehn Jahren. Später ja. Wenngleich, vielleicht schon nicht mehr, Rosa. Ich mache den Versuch, es nicht mehr zu tun. Ich gehe zu einem Rendezvous, bei dem ich nicht kokettiere. Es geht um meine Ehre.

Die man verliert, wenn man kokettiert? ich weiß es nicht. Von wo ab?

Sich ein Stück des Wegs begleiten lassen, ob man das verbieten kann? Bis zu dieser Straßenecke oder noch zu jener? Bis zur Litfasssäule noch, bis zu der Lichtreklame schon nicht mehr? Oder noch bis zum Juwelier, die Auslagen besehen? Und wenn es Missverständnisse gibt –: Nein, einen Ring brauche ich nicht, ich habe schon einen Ring, auch keinen Pullover.

„Sie hätten so gut in ihn hineingepasst, aus Freundlichkeit, nur so". Es kann sein, ich passe in ihn hinein. Und schon hat man einen Pullover an, aus Freundlichkeit, nur so.

„Wärmt er gut?"

„Ja, sehr gut, und wo der Herbst bald kommt". Und das Lächeln erwidert man, und wenn er dann geht, und sich noch einmal umgedreht hat –: Hat man etwas falsch gemacht? Hätte man ihm besser auch einen Pullover gekauft? Aber er hätte nicht in ihn hineingepasst, nicht einmal aus Freundlichkeit, nur so.

Spiegelweiher, du hast mich schlecht beraten. Wie macht man das, kalte Schultern haben?

Allerdings, neulich, ich hatte eine Besorgung zu machen, am Mainufer lang, Schleusenstrasse, Gutleutstrasse – was empörst du dich, mein Stolz und hast doch bisher so wenig Anlass gefunden, dir das Haar in feste Zöpfe zu flechten, damit es die Luft kaum berührt. Wir werden es abwarten, mein Stolz, ob du zu deinen kalten Schultern kommst.

Hast du etwa protestiert, es ist noch nicht lange her, der kleine Sohn war erst zwei Tage alt, als ich die Schwester um eine kleine Bequemlichkeit bat und sie das nicht allein entscheiden konnte und fragen ging und mit ihm zusammen wiederkam und ich nicht mehr bat, nur lächelte, Lächeln genügt, bei der Schwester nicht, wo war da dein Protest?

Rosa hat recht. Jeder Koketterie einer Frau in Richtung auf einen Mann und nur auf ihn empfinde auch ich wie eine Ohrfeige in das Gesicht jeder anderen Frau, die zufällig in der Nähe ist.

Nur, weißt du, Rosa, ich hatte auch die Schwester angelächelt, vom ersten Augenblick. Aber sie schien noch nicht zu wissen, dass man lächeln kann, auch von Frau zu Frau. Vielleicht muss man die Koketterie erst lernen, bis man sie nicht mehr braucht.

Winde, lasst, ich komme alleine zurecht. Ich habe kein Rendezvous in 10000 Meter Höhe. Auch nicht mit dem Herrn aus Brenner's Park-Hotel an der Lichtentaler Allee. Ich kann nicht für ihn durchsichtig sein, aber ich werde ihn nicht kränken. Ich folge nicht nur dem Spiel, Black Jack und Baccara, ich sehe sein Gesicht.
Der Kongress endete gegen Nachmittag. Er bleibt noch über Nacht. Morgen hat ihn seine Bank zurück, seine Familie, sein Haus. Morgen hat mich die Lichtentaler Allee, hat mich der Park, der Springbrunnen, haben mich die Beete rund um den Kies, hat mich der Fahrwind von der Straße her, hat mich das Licht. Ich werde zu ihm gehen. *„Sie gefallen mir"*. Er lächelt. Was kostet ein Satz? Was kostet eine Hand auf einem Arm? Was kostet ein Sessel? Was kosten zwei? Was kostet eine Unterhaltung in zwei Sesseln? Jeder Koketterie, Rosa – lass, ich weiß es noch nicht. Aber ich verspreche dir, ich gehe zu einem Rendezvous, auf dem ich nicht kokettiere. Wer sich mir in den Weg stellt, wenn ich zum Spiegelweiher will, wird es mit ihm aufnehmen müssen.

XIV
Samstag, sechzehn Uhr fünfzehn.

Der kleine Zeiger der Aachener Bahnhofsuhr steht auf der 4, der
große Zeiger auf der 3. Zu früh für eine Taxe, zu spät für einen
Gang in die Stadt, zum Dom, zum Oktogon, zum Glockenturm, zu
den Häusern rund um den Domplatz, zum Marmorsarg des Kaisers
Karl, wir werden ihn später besuchen. Die Zisterzienser haben
wir auch verpasst, die ersten Äbte von Citeaux und Bernhard von
Clairvaux: *„Zu euch schreit mein belastetes Gewissen. Das Leben
eines Mönchs habe ich schon lange abgelegt, nicht mönchischen
Habit"*. Konvent und Generalkapitel, Novize und Novizin, das
Chorgebet siebenmal am Tag, auch in der Nacht, Handel, Markt
und Geldwirtschaft, Reform und Verfall.

Kornelimünster ist nicht weit, die Häusergruppe am Berg, auch
die am Benediktusplatz hätte ich gern wieder gesehen.
Käme er jetzt hier vorbei, könnte er mich begleiten und zur
Klauserkapelle sieben Fußfälle lang einen Bittgang mit mir tun
für unser Rendezvous.
Lass, Seele, ich weiß, es ist schon gut, du bist mir doch gefolgt,
auch durch den Wald, ich habe es bemerkt. Kopf, auch du so früh
zurück, was sagt der Kardinal? Komm, mein Herz, wir wollen noch
eine Spazierfahrt tun, zum Salvatorberg hinauf, wir fahren über
die Ludwigsallee. Der Himmel hat sich etwas bewölkt, aber es
sieht nicht nach Regen aus. Doch, dass ihr es wisst, alle drei, lasst
euch nicht einfallen, mich zu stören. Folgt mir wie die Oblaten
der makellosen Jungfrau.
Die Väter in Rom hätten nicht allzu viel Langmut mit uns, wenn
sie noch könnten, wie sie wollten. Sie schlössen uns in ein Kloster
ein, und das wäre nicht einmal das Schlimmste. Wir fänden da
Ermahnungen und Tröstungen, die uns bekannt sind. Wir knieten

und erhöben uns, wie wir es gewohnt sind. Wir fielen in den Kreis zurück, aus dem wir täglich ausbrechen, um wieder an ihn zu fallen. Wir zelebrierten die Messe, die wir stündlich zelebrieren. Wir erstickten am Brot und verschluckten uns am Wein, bis die begütigende Hand uns bedeutet: Iss und trink, es ist mein Leib, mein Blut.

Und wenn zufällig durch ein geöffnetes Fenster oder über die Balkonbrüstung ein Abendwind kommt, sind wir schon überzeugt und halten Kommunion. Das wäre nicht einmal das Schlimmste, sage ich. Wir fürchten Schlimmeres als die Väter in Rom. Wir fürchten das falsche Einverständnis. Wir fürchten die Libertins. Wir verwechseln sie nicht mit den Anwälten der Freiheit. Wir fürchten den verständnisvollen Blick für das blasse Gesicht, für das kleine Etwas, das sie so sehr lieben. Das Etwas. Eine Spur zu viel, und sie erinnern sich nicht: ‚War das nicht die Geschichte mit dem Quai Madelaine?' Mit dem Quai Madelaine oder einem anderen Quai. Wir fürchten die Anmaßung, mit der sie Schlüsse ziehen, wenn sie sich dazu berechtigt glauben. Und sie tun es unfehlbar, wenn sie uns nicht an der Seite unserer Gatten sehen, auch nicht unter den Linden, es können auch Akazien sein, wohin wir am Nachmittag mit unseren Kinderwagen gehen, wenn die Zweige tanzen. Kein Kindchen und kein Mann, wer will es ihnen verargen, so frei zu sein, wenn sie uns so frei sehen, zum Zeitvertreib bei uns nachzufragen. Und wenn wir sagen: Wir gehen nur so für uns des Wegs, nicht wahr, der Weg ist auch für uns – verstellen sie ihn uns: „Aber nicht ohne Galan. Stellvertretend – auch der Zeitvertreib – für den Herrn Gemahl".

Helft, Väter aus Rom, gegen solche Übergriffe! Schließt uns ein. Die Mauern rauben uns Luft und Licht, aber nicht unsere Art zu gehen. Wir können uns immer noch träumen, in einem Garten zu sein und uns bücken, hier und da, nach einer Aster oder Rose. Nein, wir kommen allein zu recht, wir verlören so oder so, bei euch wie bei den Galanen. Wir gehen allein zum Rendezvous. Er wartet unter der Platane. Den rechten Fuß auf einem Mauervorsprung, die linke Hand in der Hosentasche, den Kopf leicht zurückgeworfen, den Mund kennen wir schon. Sein Teppich ist leer, seine Fenster sind nackt. Es wird es uns überlassen. Kein Mantel. Er fröstelt nicht so leicht. Kein Galan. Er verstellt uns nicht den Weg. Aber wir können uns auf seinem Teppich ausstrecken, wenn wir wollen. Als wir den Spiegelweiher vor uns liegen sahen, acht Steinstufen hinunter, und wir können uns in ihm spiegeln, – mein Abenteuer, meine Flucht – kam er uns von unten entgegen. Mein Abenteuer, meine Flucht, wir werden dich zusammen beenden. Taxi, zur holländischen Grenze!

XV
Samstag, 17 Uhr.

Er wartet nicht unter der Platanengruppe, er steht direkt vor mir auf dem Kies. Ich habe das Taxi vor dem geöffneten Eingangstor halten lassen. Er hält nichts in den Händen, aber er bewegt sie, beschäftigungslos. Nur sein Blick macht eine leichte Anstrengung, mir zu begegnen.

Wäre ich nur im Kleid, würde ich versuchen, es glatt zu streichen und mich dabei von meinem Erstaunen erholen. Er ist noch schöner als ich weiß, oder weiß ich, dass ich es wusste. Aber uns trennen noch einige Schritte von der Behauptung, wir stünden uns gegenüber. Jemand überholt mich, macht diese Schritte, auf ihn zu, an ihm vorbei. Er wird nicht hinaufgesehen haben. So gleichgültige Schritte macht man nur, wenn man nicht beachten will, an wem man vorübergeht.

Warum schickt er mir keinen Brief? Uns trennen doch noch einige Meter. Ich kann sie nicht überwinden, nicht im Augenblick.

Wenn ich einen Wunsch frei hätte, wünschte ich mir eine Bank, auf der Stelle, wo ich stehe, eine weißlackierte Bank. Um darauf zu sitzen. Er ist eine Statue. Nur die Vögel bewegen sich in den Bäumen. Mit abgemessenen Flügelschlägen. Es wird eine Herbstnacht. Keine Frühlingsnacht. Aber ich möchte nicht tauschen. Gegen eine ungewisse Frühlingsnacht.

Ich habe schon eingewilligt. Ich gehe die abzusehenden Meter auf ihn zu und wundere mich, dass auch er jetzt erstaunt scheint, als ob es ebenso gut möglich gewesen wäre, ich hätte sie in die umgekehrte Richtung getan.

Ich kann einen Übermut nicht ganz verbergen: *„Ich kenne schon die Reihenfolge des Menus"*.

Er stutzt: *„Ich nicht"*.

„Ich auch nicht", korrigiere ich.

Der Park um das Kastell ist eher klein, beinahe zu klein, um es überhaupt mit ihm zu versuchen. Aber vielleicht versuchen wir es doch. In Städten ist es einfacher. Die Lieferwagen verschlucken jedes Wort. Aber wir sind nicht hier, um uns die Worte verschlucken zu lassen. Außerdem, in diesem halben Ungefähr von Städten müsste mein Arm dir zu Hilfe kommen, damit wir uns nicht verlieren.

Auf dem Parkplatz vor dem Kastell stehen erst acht Wagen. Drei niederländische, drei belgische, ein dänischer, ein deutscher. In Richtung Platanengruppe geht ein Ehepaar, rüstig, um die fünfzig. Sie werden ein Zimmer im Turm haben. Rüstige Menschen sind anfällig für Romantik. Wo werden wir unser Zimmer haben? Nach Westen zu, über den weißen Gartenstühlen auf der Terrasse?

„Das dritte Fenster oder das vierte? Welches ist unser Zimmer?"

Es gibt Bestürzungen –

„Unser Zimmer?"

Es ist unvermeidlich. Wir müssen zur Rezeption. Nur in Filmen bestellen sich die Zimmer selbst.

„Ich versichere Ihnen, ich bin mit größter Bestimmtheit davon ausgegangen –"

„Ich auch, aber es gibt offensichtlich immer noch einiges Unbestimmte. Und wenn uns kein Wunder …"

Aber es gibt ja Wunder von einem unbekümmerten Selbstvertrauen gegen jede Wahrscheinlichkeitsrechnung. Ein Zimmer nach Westen zu über den Gartenstühlen ich noch frei, auch wenn man noch nicht weiß, das dritte oder das vierte.

Aber mich irritiert eine Spur von Erschöpfung in seinem Gesicht. Ist das – ich habe einmal mit einem Mann ein Hotelzimmer betreten, in dem wir zum ersten Mal zusammen schlafen wollten. Er hat sich allein mit dem Rücken auf das Bett fallen lassen und für fünf Minuten fest geschlafen. Aber ich war schon vorher entschlossen, ihn zu lieben.

„Mich irritiert immer wieder, dass die Wunder, die wir erwarten, auch wirklich eintreffen" – sagt er zu dem jungen Mann an der Rezeption, der ihm den Zimmerschlüssel aushändigt – und lächelt. Ich auch.

„Nein – kein Gepäck", erklären wir einem zweiten jungen Mann, *„wir wollen uns auch noch etwas Zeit lassen, draußen unter den Bäumen".*

Als wir die Steintreppen wieder herunterkommen, haben sich die Wagen auf dem Parkplatz vermehrt. Vielleicht auch die Nationalitäten. Das können wir jetzt nicht untersuchen. Außerdem kommt uns das rüstige Ehepaar entgegen. Es wird sich zum Abendessen umziehen wollen. Das ist beruhigend.

Für die weißen Gartenstühle auf der Terrasse ist es schon zu kühl. War es vermutlich den ganzen Tag zu kühl. Wenngleich, vergangenen Sonntag, habe ich mit meiner Familie auf eben solchen weißen Gartenstühlen gesessen, im Schlosspark von Schloss Brühl.

Er deutet mit dem Finger auf meine Handtasche:

„Was haben Sie da drin?"

„Zwei Tropfen Parfum".

„Und?"

„Sie wollen es doch gar nicht wissen".

„Nein, ich will es gar nicht wissen. Aber ich will wissen –"

Wir stehen in Höhe der Platanengruppe.

„Ich will wissen –"

„Sie werden doch erfahren".

Er hebt die Hand über beide Augen, er nimmt sie zurück –: „Ich will –" er schließt die Hand, er öffnet die Hand, er treibt die Helle, die dem Tag noch bleibt, mit beiden Händen an wie eine Herde, ich muss sie auffangen, seine beiden Hände in meine Hände nehmen. Er lacht. Entspannt.

„Ich bin eigensinnig".

„Ich auch".

Aus den Bäumen, die den Park gegen die Straße abschirmen, kommen Stimmen. Ich sehne mich nach Stimmen. Tischen mit weißen Tischtüchern, Leuchtern, Licht auf unseren Köpfen. Die Stimmen kommen näher, nah an uns heran, ganz dicht von allen Seiten. Wir könnten den Versuch machen, uns ihnen zu gesellen. Aber sie scheinen ihn zu erschrecken, ich muss im Dunkel mit ihm stehen bleiben, er hat es sich ausbedungen, wortlos, eigensinnig, er kennt sich in ihm aus wie eine Katze. Außerdem ist es luftig, sein Dunkel, viel Weißholz.

„Ich bin eigensinnig. Ich will den Eingang".

Den Eingang? Klara und ich hatten eine Geißblattlaube, bis der Regen verdunstet war. Ob wir ihn hereingelassen hätten? Wenn er uns anschließend das Eselchen gesattelt hätte, wir müssen noch bis Horrem, Äpfel und anderes Fallobst holen, die Tante hat ein Gut. Er soll es nicht nur satteln, er soll es führen, den ganzen Weg über die heiße Landstraße, und meinen Sommerhut, den soll er tragen, mit der linken Hand.

„Den Eingang wohin?"

„In alles. Ein für alle Mal. Zur günstigsten Bedingung".

„Stand das in meinen Briefen?"

„Ich habe die Schublade nicht hier. Es stand in Ihren Briefen".

„Nicht ein für alle Mal, noch zur günstigsten Bedingung".

„Zur zweitgünstigsten Bedingung".

Eine Herbstnacht. Keine Frühlingsnacht. Vielleicht werde ich es bedauern. Der Rasen hätte sich längst belebt in unserer Erwartung. Ich mich auch und mir etwas schwarzen Fliederduft von seinem Mund gestohlen. Nicht draußen. Vielleicht drinnen. Die Stimmen sind schon weit entfernt.

„Wir gehen jetzt auch. Sonst wird es für das Abendessen zu spät. Hier heißt es Diner".

XVI

Samstag, 18 Uhr.

SPARGELSPITZEN MIT SAUCE CHANTILLY – REBHÜHNER AUF
BRABANTENER ART – KROKETTEN – MIRABELLENTÖRTCHEN

Wir warten auf das Menu.

„Dithryambische Phantasie über die schönste Situation. … Die
äußersten Enden der zügellosen Lust und der stillen Ahndung leben
zugleich in mir …

und unter den vielen Gestalten der Freude wählt und wechselt die
Fantasie und findet keine, in der die Begierde sich endlich erfüllen
und endlich Ruhe finden könnte. … Wir müssen ihre verzehrende
Glut in Scherzen lindern und kühlen, und so ist uns die witzigste unter
den Gestalten und Situationen der Freude auch die schönste: Wenn
wir die Rollen vertauschen und mit kindischer Lust wetteifern, ob dir
die schonende Heftigkeit des Mannes besser gelingt, oder mir die
anziehende Hingebung des Weibes. Aber weißt du wohl, dass dieses
süße Spiel für mich noch ganz andere Reize hat als seine eigenen?
Ich sehe hier eine wunderbare sinnreich bedeutende Allegorie auf
die Vollendung des Männlichen und Weiblichen zur vollen ganzen
Menschheit. Es liegt viel darin, und was darin liegt, steht gewiss
nicht so schnell auf wie ich, wenn ich dir unterliege".

Er hat ein Reclamheft aus der linken Jackettasche gezogen und sich
lesend über den Tisch gebeugt. Das Licht fällt auf seine Schultern.
Es war einfacher, als er eigensinnig war. Aber er ist nicht mehr
eigensinnig, er hat Zeit. Die linke Hand liegt ruhig ausgestreckt.
Was ist weißer, die Manschette oder das Tischtuch? Hat er eine
Frau? Hatte er eine Frau? Er wird eine Wäscherei in der Nähe haben.

„Wie die weibliche Kleidung vor der männlichen, so hat auch der
weibliche Geist den Vorzug, dass man sich dadurch eine einzige
kühne Kombination über alle Vorurteile der Kultur und bürgerlichen

Konventionen wegsetzen und mit einem Mal mitten im Stande der Unschuld und im Schoß der Natur befinden kann".

Nein, ich bin vollständig bekleidet. Auch keine kühne Kombination. Schwarz von Kopf bis Fuß. Über alle Vorurteile der Kultur und bürgerlichen Konvention wegsetzen kann? Die Wiege steht am Fenster. Wenn er sich freilegt heute Nacht – Schweig still, du hast zum Spiegelweiher gewollt, während er schlief unter hochgeschlagenem Verdeck. Auf ein Abenteuer für dich allein. Jetzt hast du es mit ihm. Bilde dir nicht ein, dass das abtrünniger ist. Abtrünniger bist du mit dir allein, mein Ich, so bist du in Gesellschaft. Er leistet dir Gesellschaft. Er liest dir vor. Hör ihm zu. Du hast dich eben noch ins Licht gesehnt, weiße Tischtücher, Glas, Besteck, Servietten.

„Es tut mir leid, ich habe nicht die Absicht, Ihnen zu folgen".

Er schließt das Reclamheft. Mit Bedauern?

„Ich bin geistreiche Unterhaltungen nicht gewohnt. Ich versichere es Ihnen. Es liegt mir fern, damit zu kokettieren".

Sein Gesicht sieht ungläubig aus. Wenn er mir zumutet, mich zu verteidigen –

Er mutet es mir nicht zu. Er streckt beide Hände mit den Handinnenflächen nach oben vor sich aus.

„Sie hatten eine Frau, nicht wahr, klein, dunkel und sehr anhänglich?"
„Nicht ganz".
„Aber Sie haben sie verlassen, weil sie zu anhänglich war?"
Er bewegt die Fingerkuppen. *„Vielleicht".*
„Doch".
„Ja".
„Ich möchte mit Ihnen zusammen klären, wie anhänglich ich bin".
Er beugt sich nicht vor, er lehnt sich nicht zurück.
„Auf dem Weg zum Spiegelweiher hätte ich schwören können: Vollkommen unanhänglich".
„Die Kamera auch".
„Was?"
„Könnte es beschwören".

„Aber ich weiß es noch nicht mit Bestimmtheit.
Lange Zeit dachte ich das Gegenteil bis –"
Die Suppe kommt.
„Bis –?"
„Bis ich das erste Mal mit einem anderen Mann schlief. Schlafen ist schon zu viel. Ich war nicht müde und wollte es auch nicht werden. Nicht an seiner Seite. Vielleicht irgendwann später. Alleine. Ich war in großer Versuchung aufzustehen. Draußen war heller Tag. Ich wäre gerne in ihm umhergegangen, die eine oder andere Besorgung machen. Oder keine. Ich war nicht in Eile".
„Nun –"
„Ich weiß, das ist normal, aber es hat mich verwirrt. Wenn ich wenigstens das Fenster einen Spalt weit hätte öffnen können. Unten auf der Straße hörte ich Pfeifen. Ich war eifersüchtig: Jemand pfeift vor sich hin, die ganze Straße lang und ich muss hier liegen".
Er hebt seinen Löffel. Er lacht. Ich bin unvorsichtig. Wenn er jetzt sagt: Sie dürfen pfeifen.
Er sagt es nicht. Heiliger Gabriel, stell dich hinter meinen Stuhl, er ist ein anderer Gegner. Ich habe keine Spur von Mitleid mit ihm. Ich werde mich hüten zu pfeifen.
Er isst, schweigend, mit kindlichem Ernst. Lass, Gabriel, ich komme allein zurecht. Er ist unhöflich, aber das haben wir ja gewusst. Unhöflich muss nicht unfreundlich sein. Ganz im Gegenteil. Ich muss nur meinen Löffel nehmen und auch essen. Dann sieht es nicht einmal unhöflich aus. Er ist ein kleiner Hirte. Bis zu den Knien aufgeschürzte Hosen, wenn er die Ziegen durchs Wasser treibt. Und dann ein ganzer Hang voll Rosmarin zum Ausruhn.
Wenn du schläfst, werde ich dich bewundern und die grüne Gerte einen Augenblick in meinen Händen wiegen, ich weiß es nicht, wie man Ziegen treibt, aber es kann nicht so schwer sein. Und wenn du durstig bist, hole ich dir Beeren. Wie ich es gewöhnt bin. Aus Anhänglichkeit? Wenn ich das wüsste.
Selbst an diesem hellen Tag habe ich dem Pfeifen auf der Strasse nicht lange nachgehört und ihn in beide Arme genommen. Kein

Flaum in den Armbeugen. Er war nicht jung. Nicht einmal das Gesicht. Keine Falten. Rinnen. Meine Finger konnten sich in ihnen verneigen. Jetzt bin ich Flaum für dich, Ohrmuschel, Orangenblüte, weißer Flieder, alles, was du willst.

Er hat den Löffel aus der Hand gelegt. Er sieht mich an.

„Ich unterhielt mich nicht mit Ihnen".

„Ich empfand es auch nicht so".

Er hebt sein Glas, er setzt es an meinen Mund. Geht das? Doch. Ich trinke aus seinem Glas.

„Haben Sie mit jedem Ihrer Sujets ein Rendezvous?"

„Mit jedem zweiten".

„Das Anhängliche überschlagen Sie".

„Das zweite ist es auch, oder es kommt nicht zum Rendezvous".

„Aber Sie träumen immer noch?"

„Ich träume – kennen Sie den Parc de Procé?"

„Wo?"

„Nantes".

„Nantes nicht. Kennen Sie den Eisbär in Dijon? Am Eingang des Parks, die Kinder reiten auf ihm. Er kann sie nicht abschütteln. Er ist aus Stein".

„Ich würde sie trotzdem abschütteln".

„Und wenn sie gefallen wären, die Schleifen neu binden und Mull auf das Knie?"

Er lacht.

„Eben. Das fürchte ich. Nicht die Schleifen, auch nicht den Mull, aber sein Herz darf sich nicht dabei bewegen".

Er hebt sein Glas: *„Sein Herz wird sich nicht dabei bewegen".*

„Ehrenwort?"

„Ehrenwort".

„Und wenn meines sich bewegte?"

„Auch dann nicht. Sie werden sehen".

„Ich hätte mich auf Ihrem Teppichboden ausstrecken sollen. Wie lange dauert ein Menu?"

„Ich hatte uns dagegen eine Unterhaltung mitgebracht.

Was sagen Sie zu meiner dythryambischen Phantasie?"

„Ich kann sie nicht erfüllen".

„Woher wissen Sie?"

„Ich habe Freundinnen".

„Und da?"

„Auch da nicht".

„Es missfällt Ihnen – ‚die Rollen zu tauschen'?"

„Ich kann es nicht".

Er spielt mit der Stoffserviette: „Aber Sie werden mir nicht sagen – ?"

In Innsbruck am Bahnhof – Bergführer hat er gesagt. Und den rechten Arm in Gips. Ob er sich um einen Enzian verklettert hat? Dass du überhaupt stehen geblieben bist, hat Rosa gesagt, wer in einer fremden Stadt am Bahnhof stehen bleibt, kurz vor dem Abend, wenn auch zur Sommerzeit, ist selbst Schuld – als Frau. Ich habe sogar den Zug verpasst, aber dann noch einen im Nahverkehr bekommen, bis Garmisch. Und direkt gegenüber dem Bahnhof das Hotel zu den Vier Jahreszeiten. Ich habe allein darin geschlafen, aber die Geschichte mit dem Gips, Rosa, die kennst du nicht, wer nicht stehen bleibt, hört auch keine Geschichten. Wenngleich, er hat mir nicht geglaubt: ‚Aber Sie werden mir nicht sagen'.

‚Mich interessiert nur Ihre Verletzung'.

Aber dann hat er mir erzählt und dem kleinsten Umstand Beachtung geschenkt, er muss einen Unfall erklären, so dass ich mir ein Bild machen kann, auch von seiner Frau und seinen Kindern. Und als wir uns trennten nach über zwei Stunden, allein an einem Tisch mit ihm, aber von den anderen Tischen aus sahen sie uns zu: Wams, Kniebundhosen, feste Schuh und ich wohl doch so etwas wie eine Dame, legt er die Hand auf meinen Arm: ‚Aber Sie werden mir nicht sagen, dass Sie nur das interessiert hat'.

‚Doch, ich habe sogar den Zug verpasst. Und jetzt muss ich gehen'. Und einen Kuss auf den Mund, damit er weiß: Gar kein Missverständnis.

Ob ich es bedauert habe in den ‚Vier Jahreszeiten', an der Rezeption vorbei, nein, keinen Drink, Drinks zur später Stunde auf Barhockern allein sind tatsächlich zu bedauern. Dann träume ich lieber von einem Bergführer, der sich verklettert hat, ich muss ihn mir nur auf die Zugspitze versetzen, dann ist er ganz in meiner Nähe.

„Aber Sie werden mir nicht sagen, dass es Dinge gibt –"

„Was für Dinge?"

„Die Ihnen zu heikel erscheinen".

„Um was damit zu tun?"

„Sie anzufassen".

Die Suppenschüsseln werden abgetragen.

„Sie müssten fragen, ob ich sie anfassen möchte".

„Möchten Sie mich anfassen?"

„Eben fiel mir ein, Sie sind ein kleiner Hirte".

„Was haben Sie mit ihm gemacht?"

„Ich habe ihn bewundert, als er schlief".

„Und dann?"

„Probiert, ob es schwer ist, Ziegen zu treiben mit einer grünen Gerte".

„Und dann?"

„Habe ich ihn geweckt".

„Und wenn er sich nicht hätte wecken lassen?"

„Hätte ich ihn wach geküsst".

„Wohin zuerst?"

„Auf das Herz".

„Und dann?"

„Auf das Knie".

„Und dann?"

„Auf beide Füße, damit er wieder aufspringt".

„Und wenn er nicht daran denkt?"

Die Spargelspitzen. Er greift nach Messer und Gabel.

„Und dabei hatte ich vor, ich komme zu Ihnen als Dame".

Er legt Messer und Gabel wieder hin.

„Als Dame?"

„Wie sonst? Weiter essen. Es wird kalt. Erinnern Sie sich. Am Parkausgang. Drei Kinder und ein Mann. Meine Kinder. Mein Mann".

Er hat Messer und Gabel wieder aufgenommen. Er isst.

„Als ich Sie da stehen sah, durch das Parkgitter, habe ich einen Augenblick lang erwartet, Sie kämen auf mich zu und gäben mir den Film heraus – wenigstens jetzt. Sie sahen doch – Sie hatten sich getäuscht".

„Ich habe mich nicht getäuscht. Außerdem – dann wären Sie nicht gekommen".

„Dann hätten Sie mir das erspart. Weiteressen. Das Wort ist nur zur Hälfte richtig. Mit der anderen Hälfte, mit der es nicht zutrifft, erwarte ich mir mit Ihnen eine für mich neue Erfahrung".

Lass, es ist gut. Du wirst den kleinen Hirten nicht verleugnen, auch wenn du jetzt einen Nadelstreifenanzug trägst und den Herbst und andere Natur zum Gegenstand, Objekt, Sujet deiner Kamera zu machen geruhst. Eine Herbstnacht. Ob wir das bedauern? Drossel, jetzt ist es doch schon dunkel geworden, du findest keine Beeren mehr. Erst morgen wieder, der Strauch unter der Rotbuche, auch auf dem Boden zwischen den Tannennadeln.

Komm her, ich öffne dir das Fenster, bleibt bei uns über Nacht. Erzähl uns, was du noch vom Sommer weißt in alle Ohren. Übertön den Pfau, der sich unten im Park heiser schreit, er weiß nichts, er ist dumm wie eine Dame.

So ein langes Menu. Ich mag nicht mehr. Ich werfe Messer und Gabel hin.

XVII
Samstag, 19 Uhr.

Als ich ein Kind war, übte ich Etüden. Und wenn ich die Etüden
auf den Boden warf: Ich will endlich ein richtiges Stück spielen,
lächelt Großmama: Etüden können sehr kunstreich sein. Du musst
sie nur richtig spielen.
,Ich will nicht. Ich werde nie'.

    Und was willst du dem Kindlein schenken?
    Ich will dem Kindlein schenken
    Ein silberweißes Lamm
    So viel ich's mich bedenke
    Kein schöners ich bekam
    Und was willst du dem Kindlein schenken?
    Ich will ihm noch schenken
    Ein junges Böcklein schön
    Es treibt wohl tausend Schwänke
    Und was willst du dem Kindlein schenken?
    Ich will ihm noch schenken
    Ein wachsam Hündelein
    So klug, man solls kaum denken
    Es tanzet ganz allein
    Und was willst du dem Kindlein schenken?
    Ich will ihm noch schenken
    Ein Stückchen Einerlei
    Mei, jetzo wirst du denken
    Was dieses doch wohl sei
    Wohl denn, so lasst uns reisen
    Zum schönen Kindelein
    Und unsre Gaben preisen!

Aber Großmama holten vier Männer mit einem Sarg. Wer hilft mir gegen die Ungeduld jeder Sekunde? Pfeilschnellen Zorn in jede Himmelsrichtung? Noch verdächtige ich niemand Bestimmten. Aber wer mich anrührt, stirbt. Zweifellos. Er braucht mich ja nicht anzurühren. Ich beschaffe mir einen Dolch. Für ihn, wenn er nicht hören kann. Für mich, wenn ich es nicht ändern kann. Die Welt hat ihre Farbe noch nicht gefunden. Blassgrün – blassblau, was schwankst du, Welt? Ich habe mir brandrot gewählt, von Kopf bis Fuß, ich bin zwölf Jahre. Brandroten Samt. Brandrote Seide. Brandrotes Manteltuch, ob du noch für eine Kapuze reichst? Ihr habt mich zu bedecken. Von Kopf bis Fuß. Ich bin eine Frau. Was niemand weiß. Wir werden es niemand verraten. Nur dem Spiegel, unserem Freund. Er wird es nicht weitersagen. Wenn du nichts weitersagst, wirst du alles sehen, halbrunden Schoß, badenasse Brüste, viel zu schade für einen Mann. Wir werden euch Freundinnen suchen. Die es verstehen, mit euch gebührlich umzugehen, ohne euch zu kränken.

Wir befinden uns in einem kleinen Raum neben dem Saal. Er hat unser Menü umdirigiert. Weil ich mit Messer und Gabel werfe? So ist es doch, nicht wahr? Er führt mich am Arm an einen Tisch, den einzigen Tisch in diesem Zimmer.

„Wenn das eine Strafe sein soll – ?"

Er lächelt. Weit entfernt. Eine Strafe. Er hat dem Kellner nur etwas ins Ohr gesagt. Eine kleine Überraschung. Auch der Kellner lächelt. Er bringt unsere Gläser auf einem Tablett. Eine Strafe? Die exklusive Tafel. Im Turmzimmer. Im ältesten Teil des Kastells.

Wir haben Platz genommen. Einander gegenüber. An einem einzigen Tisch.

Rosa, trag's mir nicht nach, ich hatte Unrecht, ich verharmlose sie immer noch, ich verharmlose sie immer wieder. Ich werde es noch lernen, mit dem Fuß aufzustapfen, wie du. Nein, das tust du nicht, du gehst ihnen aus dem Weg. Wie machst du das? Ich schwöre dir, dass ich sie nicht schöner finde als euch. Nur in Ausnahmen halb so schön. Ich lüge? Ja, ich lüge. Wir waren uns schon einmal näher, viel näher. Ich log nicht. Ich rief nach euch. Wenn ihr den Arm um mich legtet, war da fast soviel wie eine kleine Tochter in der Wiege. Mit einem Wiegenlied ganz aus Spitze. Ihr habt mich geschmückt, mir Armbänder und Spangenschuhe mitgebracht, wenn ihr auf Reisen gingt. Einmal reise ich mit. Als ich selber liebte. Eine Frau liebte. Und mehr mit dem Fuß aufstapfte, als später je wieder. Weil sie nicht bereit war, mir zu folgen. wohin? Ach, zum Kaukasus, in die Wüste, zur chinesischen Mauer, ist doch so egal, wenn man die Manteltaschen voll Zuckerzeug hat und die Kapuze voll Federn, um sie darin zu betten.

Aber sie lebte in Scheidung, und ich war siebzehn Jahre. Und das wog ihr nicht genug, Zuckerzeug in der Manteltasche und Federn in der Kapuze. Und ich habe mir gedacht, ich finde mir einen ältlichen Beamten, der ehelicht mich, dann wiege ich mehr, und außerdem können wir ihn als Reisebegleiter mitnehmen. Aber das wog ihr immer noch nicht genug, und ich musste Sorge tragen, den ältlichen Beamten ihren Augen wieder zu entziehen. Wenn man liebt ist man eifersüchtig.

Ich war oft eifersüchtig. Viel eifersüchtiger bei euch als bei Männern. Aber ich wog euch nie genug und ihr lasst es auch unter uns nicht durchgehen, wenn man euch Federn aus der Kapuze auf die Tischplatte bläst. Und es kommt nichts danach. Kein Schein. Keine bare Münze.

Ich weiß, sie haben es leichter, fünf für gerade durchgehen zu lassen, wenn es nur eine Frau ist, und was darüber hinaus: Federn oder bare Münze, das zählt nicht so viel, das kommt nicht so darauf an, um es einzeln nachzuwiegen. Ihr wägt genau, viel unbestechlicher, aber es gelingt mir nicht mehr, mich nur zu euch zu bekennen. Sonst säße ich nicht hier, im Turmzimmer mit einem Mann zum Rendezvous, zur Strafe.

Zur Strafe? Ich weiß es noch nicht. Ich werde ihn noch einmal fragen.

Nur wißt, was rede ich, als ob ihr es nicht wüsstet, sie haben es sogar leichter, zärtlich zu strafen. Ich bin müde, Rosa, von unseren Debatten, wir werden sie verschieben. Im Augenblick deucht er mir schöner als du, aber ich schwöre dir, seine Haut wird nicht so weich sein wie deine.

„Ich bleibe dabei: Wenn das eine Strafe sein soll –"
„Ich wünschte es".
Ach – nicht zornig werden. Mein Kleid hat zwanzig kleine Knöpfe. Ich erkläre das Turmzimmer zum Chambre séparée. Das Menü kann warten. Oder es sieht uns zu, wenn es kommt. Der Kellner auch. Oder er wird mir helfen. Du nicht. Du bleibst auf deinem Stuhl. Auch wenn man noch nicht weiß, ob du mit dem grünen Teppichboden konkurrieren kannst, ich konkurriere mit dem Menü.

Du bist selbst Schuld. Auch fehlt dir nichts. Deine Herde hat sich nicht verlaufen. Und wenn, so heiß ist es nicht, ich suche dir keine Beeren. Wisch dir mit dem Ärmel über die Stirn. Ich ziehe mich aus. Zur Strafe. Wir suchen uns die Plätze selber aus, an denen wir uns ausziehen. Zufällig hast du Glück. Es ist nicht das Aachener Casino oder ein anderer Ort, eine andere Gelegenheit, Konzert, Kongress, Ball, Empfang, zu der ihr uns die lange Robe vorschreibt. Auch nicht die Champs Elysées, der Kürfürsten Damm, die Kö, das linke Ufer der Limmat, ich kompromittiere dich nicht, ich ziehe mich nur aus, vor dir und dem Kellner zur Strafe.
Zwei Männer machen noch kein Publikum. Es kommt öfter vor, dass sich zwei Männer bei einer Frau begegnen und nicht im Traum daran denken, sich wie Publikum zu betragen, alles Hauptakteure, der Liebhaber und der Ehemann, der eine Galan, der andere Galan, wer hat die älteren Rechte: Der vor dem ersten Hahnenschrei, der nach dem ersten Hahnenschrei kam, ging, ging, kam.
Nur wir kamen noch nicht dazu, uns den Kamm aus dem Haar zu ziehen und euch Bescheid zu geben, wer der erste war und wer der zweite und müßten es doch wissen.
Wir wissen es nicht, wir waren nicht dabei, wir saßen unter einem

Weidenbaum mit überhängenden Zweigen, wir puderten uns das Gesicht hinter einem halb aufgeklappten Fächer, wir hoben die Hand bis zur Stirn, weil unser Liebster soeben fortging, mit nackten Füßen, der Tau stört ihn nicht, er kommt unbeirrt durch den Abendtau, geht unempfindlich durch den Morgentau, während ihr euch streitet, wer uns zuerst besessen hat.

Niemand hat uns besessen, niemand wird uns besitzen, meine Hand, wenn sie die Knöpfe öffnet, Knopf für Knopf, zwanzig kleine Knöpfe, so ein schwarzes Kleid, aber weiße Brüste. Ich stehe dir Modell bis zu den Hüften. Wenn mir das Kleid loser um die Hüften hinge, läge es schon zu meinen Füßen.
Soll ich es weiter öffnen, Knopf für Knopf, ich ließ es vorne knöpfen, weil es mir so bequemer ist, von einer Schneiderin. Kein Reißverschluss, ich habe sie herausgetrennt aus allen meinen Kleidern und mir ein Zentimetermaß gekauft und viele kleine Knöpfe.
Um nachzuzählen: Liebt mich, liebt mich nicht? Auch deshalb. Beim ersten Knopf, beim dritten Knopf, beim zweiten nicht, beim vierten nicht. Etwas muss uns doch raten, ob ihr ältere Rechte geltend machen wollt, oder eure Hand reicht.
Wenn ihr sie reicht, tanzen wir mit euch, unsere linke Hand in eurer rechten Hand, den Fuß fest im Schuh.
Komm, sie verlaufen sich nicht, sie sind schon unten im Tal, wenn es zur Vesper läutet. Nein, die Vesper ist längst vorbei, schon das halbe Abendmenü. Es wird gleich weiter aufgetragen. Komm, der Anzug steht dir gut, du sollst mich küssen, beide Hände auf dem Rücken gekreuzt, zur Strafe.
Werd nicht so blass, der Kellner bringt dir gleich dein Menü, meins kann er dir mit auftragen, und du isst beide Menüs zur Strafe. Derweil ich mich wieder anzieh und zu den Tischen im Saal hinüber gehe, um in Gesellschaft zu sein, während du hier alleine isst, im Turm, zur Strafe.
Als die Platten mit dem Hauptgericht kommen, sitzen wir wieder an unserem Tisch im Saal, jeder vor seiner Stoffserviette. Die Gläser

werden wir uns nachkommen lassen.

Ich habe ihm bis zu den Hüften Modell gestanden. Er blieb auf seinem Stuhl, an der exklusiven Tafel. Er stand nicht einmal auf, um mich zu küssen. Weil er dabei die Hände auf dem Rücken kreuzen sollte – zur Strafe?

Ich habe uns freigesprochen von der exklusiven Tafel.

Er gesteht, dass er noch nicht ganz unabhängig ist, vollkommen unabhängig. Bestimmte Umgangsformen sind ihm noch vertraut.

„Ich versichere Ihnen – aus Gedankenlosigkeit".

„Ich habe nichts gegen Umgangsformen".

Er sieht mich an. Offen ungläubig.

„Außerdem habe ich nicht nach Ihnen geworfen".

Er streckt den Arm aus, auch die Hand. Eine Spur verwirrt: *„Sie haben Messer und Gabel auf den Tisch geworfen".*

„Ich war ungeduldig. Hätte ich sie auf den Teller werfen sollen?"

„Ungeduldig – worauf?"

„Auf Sie".

„Aber Sie haben uns selbst –".

„Ich habe uns selbst, – und jetzt will ich nicht mehr. Ein Menü ist kein Todesurteil, nicht wahr?"

„Und was wollen Sie jetzt?"

„In den Park. Sagen Sie nicht, dass es im Park zu stürmisch ist".

Der Kellner mit den Platten. Er legt uns auf. Ich nehme Messer und Gabel in die Hand.

„Und warum haben Sie mich nicht geküsst?"

Ich esse. Er sieht mir zu.

„Erstens waren Sie nackt".

„Nur zur Hälfte. Und zweitens sind Sie noch nicht ganz und drittens noch nicht vollkommen unabhängig".

Er lacht. Er sagt, er verabscheut die geringste Einschränkung eigener und fremder Freiheit. Er sieht nicht einmal ungläubig aus, wie er das sagt. Aber es gäbe da Reste, Überreste von Konventionen, er hätte noch keine Zeit gefunden, sie auszuräumen wie einige immer noch überflüssige Möbel in seiner Wohnung.

„Fürchten Sie sie?"

„Wen?"

„Die Reste".

Er hebt die Schultern. Er runzelt die Brauen. Eine senkrechte Falte in der Mitte der Stirn. Ich kann sie nicht glätten. Nicht an diesem Tisch. Weil sie noch nicht ganz, noch nicht vollständig unabhängig sind.

„Ich habe keine Vergangenheit" – er greift nach Messer und Gabel.

„Ich habe nichts gegen Vergangenheit".

Er sieht mich an. Offen ungläubig.

„Auch dann nicht, wenn sie ebenso lebendig wäre wie die Gegenwart. Ich bestätige Ihnen, dass Sie schön sind".

„Nackt bin ich schöner".

„Wer bürgt mir dafür, einstweilen?"

„Meine Frau. Aber sie wird sich schämen, Ihnen dafür zu bürgen".

„Sind Sie ihr denn noch so gegenwärtig?"

„Ich bin jeder Frau, die mich gekannt hat, gegenwärtig".

„Woher wissen Sie?"

„Sie sagt es mir – durchs Telefon".

„Und Sie?"

„Ich hänge ein". ‚Jede verströmt (unverlangt und belästigend) Hingabe und Seele?'

„Und was soll sie stattdessen verströmen?"

Er öffnet und schließt die Hand, die linke, in die rechte stützt er den Kopf: *„Blitzende Zähren".*

„Bitte?"

Er öffnet die Augen mit einer unerbittlichen – oder nur hartnäckigen? – Kopfbewegung.

„Ich sagte: Blitzende Zähren".

Gut, blitzende Zähren, um dich blitzende Zähren?

„Als Tribut Ihrer Schönheit?"

Er hat unwillig den Kopf geschüttelt – unwillig oder nur heftig? – Sind das Zähren, die sich zwischen deinen Wimpern verfangen haben, oder einfach Tränen? Du hast keine Vergangenheit, ich weiß, du kannst mir jetzt von ihr erzählen.

„Sind Sie allein gegangen? Ganz aufrecht ohne sich umzudrehen? Weil Sie wussten, dass man Ihnen von oben nachsieht, aber es Ihnen verheimlichen wird, wenn Sie zurückkommen?"

„Ich verstehe nicht".

„Der erste Schultag".

„Ich bin nicht allein gegangen".

„Die große Schwester?"

„Ich habe keine Schwester. Ichunddich".

„Ichunddich?"

„Ich bin immer davon ausgegangen, eine Frau zu sein, zur Hälfte".

„Und was hätten Sie mit ihr angefangen, dieser Hälfte?"

„Pah. Man hat ihr Kleider genäht".

„Und sie hat sie getragen?"

„Sie hat sie getragen".

„Rosa oder blau?"

„Rosa und blau".

„Die Mama?"

„Besuche ich heute noch. Am Lac du Neuchâtel".

„Und mit zehn Jahren?"

„Reitergrenadier".

„Mit vierzehn?"

„Pirat".

„Mit siebzehn?"

„Lebemann".

„Lebemann?"

„Beim Kurkonzert. In einer Parkanlage. Das Monokel fällt mir aus dem Auge. Ich habe sie alle durch. Die ganze Weiblichkeit meiner Geburtsstadt".

„Mit neunzehn?"

„Ich bin böse. Ich habe mir den Tripper geholt".

„Beim ersten Mal?"

„Bein ersten Mal".

„Mit zwanzig?"

„Ich verfasse ein Werk".

„Mehr abstrakt oder mehr gegenständlich?"

„Abstrakt und gegenständlich".

„Mit fünfundzwanzig?"

„Ich bin ein Bürger".

„Ein Zwillingswagen?"

„Über die Jahre verteilt, dreimal eins.

„Und nie beim Militär?"

Er bewegt die Schultern: „Nicht beim Militär".

„Mit dreißig Jahren?"

„Ich bleibe in der väterlichen Firma".

„Mit vierzig?"

„Ich habe sie verlassen".

„Die väterliche Firma?"

„Und Anne-Liese, Jörg, Xaver und Isabelle".

„Teilhaber in der väterlichen Firma?"

„Ich habe mich auszahlen lassen. Ich bin frei".

„Und ein Atelier aufgemacht?"

„Später. Nicht direkt".

„Frauen?"

„Frauen".

„Werke?"

„Keine Werke".

„Häuser?"

„Wechselnde Wohnungen".

„Hunde?"

Er steht auf, er setzt sich wieder hin. – Geschenkt. Und alles Weitere. Allee mit zusammengewachsenen Baumkronen … Ich zwinge dich nicht, unhöflicher zu werden, als du sein willst.

„Ich möchte noch etwas gehen".

„Ich auch, aber hier ist nur der Park, zwischen zwei Autostraßen".

„Gut, der Park. Wie sind Sie auf diese Idee gekommen, gerade hier?"

„Um Sie festzuhalten in drei Hektar Park zwischen zwei Autostraßen".

„Eine Festung sagen Sie?"

„Sie sehen doch, eine Festung".

Es wird abgetragen.

„Wünschen Sie Dessert?"

„Keinen Dessert. Wein. Ganz trocken. Trauen Sie sich zu, siebzehneinhalb Stunden mit mir eingeschlossen zu sein?"

„Jetzt sind es schon drei weniger".

„Und wie erging es Ihnen in diesen drei?"

Er hat den Kopf in die linke Hand gestützt, er sieht mich nicht an.

>Der Platz hat einen Turm,
>Der Turm hat einen Balkon,
>Der Balkon hat eine Dame,
>Die Dame eine Blume aus Weiß

Das Dessert kommt auf einem Tablett. Er weist es zurück: *„Kein Dessert. Wein. Ganz trocken".*

Ein zugeknöpfter Knopf an seinem Jackett. Der mittlere. Es sind drei. Ich könnte den Kopf in die rechte Hand stützen, ich könnte ihm erwidern:

>Ein Herr ist vorbeigegangen
>– Warum nur ging er vorbei? –
>Er hat den Platz mitgenommen
>Mit seinem Turm und seinem Balkon
>Seinen Balkon und seine Dame,
>Seiner Dame und ihre Blume aus Weiß.

Aber es ist noch früh. Ob ich um einen Mocca bitten soll? Da kommt der Wein.

Kleine Perlen auf der Stirn nennt man Schweißperlen.

„Frei zu sein. Eine Stadt voller Kleinbürger. Sie kennen das?"

„Ich habe nichts gegen Kleinbürger".

Er legt die Hand auf meinen Arm. Ich lüge? Ja, ich lüge. Nein, ich weiß es nicht. Ich bin eine Kleinbürgerin. Ich sage es.

„Ich bin eine Kleinbürgerin".

Er lächelt.

„Doch. Ich vergleiche jeden Salatkopf. Nicht nur um seinen Preis. Wenngleich –"

„Wenngleich?"

„Es kommt vor, wenn ich auf dem Markt sehr lange gewartet habe, und die Schlange ist immer noch sehr lang, dass ich den ganzen Stand aufkaufe und alle Salatköpfe an die Schlange verteile – aus Ungeduld, um für etwas anderes Schlange zu sehn".

„Und das wieder zu verteilen?"

„Das kommt darauf an. Was täten Sie, wenn Sie in ein unwirtliches Haus gerieten?"

„Ich würde es verlassen".

„Ich bin in so ein Haus geraten, ich muss mich verlaufen haben, mitten im Wald. Es hatte zwölf Türen. Ich bin nicht durch eine einzige von ihnen hinausgegangen. Ich habe versucht, durch die Fensterscheiben zu sehen. Aber sie waren blind. Ich habe eine Fensterscheibe nach der anderen geputzt, auch den Boden, und die Betten geschüttelt, ich meine die Matratzen und einen Topf im ganzen Haus gesucht, um ihn auf den Herd stellen zu können. Wenn jemand vorüber käme und noch nicht gegessen hätte, müsste es bei mir essen können, und wenn er gefroren hätte, müsste er sich bei mir wärmen können, und wenn er müde wäre, müsste er bei mir schlafen können, und wenn er mit mir scherzen wollte, müsste er mit mir scherzen können, und

wenn er mit mir ernst sein wollte, müsste er mit mir ernst sein können.

Und bald darauf kam auch einer und öffnete die Tür und setzte sich an meinen Tisch und sagte, dass er sich verlaufen habe, er wolle aus dem Wald heraus. Ob ich vielleicht wüsste, welchen Weg man da gehen müsse. Den wusste ich nicht. Aber da mein Haus nicht mehr unwirtlich war, habe ich auf alles, was darin stand, verwiesen und ihn eingeladen, damit vorlieb zu nehmen, weil ich den Weg aus dem Wald heraus auch nicht wüsste
Da wollte er von meinem Angebot Gebrauch machen und bleiben, bis er satt wäre, bis er warm wäre, bis er ausgeschlafen hätte, bis er mit mir gescherzt hätte, bis er mit mir ernst gewesen wäre. Aber dann müsse er weiter. Aus dem Wald heraus. Ins Freie.
Und wenn es Sommer war im Wald, ging er ums Haus herum und machte ihm Läden und stapelte Winterholz. Und wenn es Winter war im Wald, sprach er von der Wegrichtung, die er finden müsste, aber die Wege seien verharscht und er habe keine Schuhe, um auf solchen Wegen zu gehen. Und wenn man so miteinander isst und schläft und sich wärmt und miteinander scherzt und miteinander ernst ist, kommen Kinder. Und wenn man so viel Holz hat, macht man ihnen Wiegen und später Holzschuhe, um darin zu laufen. Und eines Tages bekommt man eine Liebeserklärung – man sitzt gerade auf einem Holzstuhl, ein Kind auf dem Schoß, das andere zu seinen Füßen – von dem gleichen Mann, der immer nur auf einen Augenblick, bis zum Frühjahr, bis zum Sommer, bis zum Herbst, bis zum Winter bleiben wollte, um die Wegrichtung in die Freiheit zu finden".
„Und dann ist es zu spät?"
„Nicht zu spät. Aber man hat sich gefragt: Was sucht er in der Freiheit, was er bei mir nicht findet. Und man ist dabei das eine oder andere Mal über den Waldrand hinausgelangt, was man ihm verheimlicht, damit er den Weg nicht erfährt, auf dem man davongehen kann, aus dem Wald hinaus ins Freie. Er ginge ihn vielleicht und käme nicht zurück".
„Und Sie?"

„Ich nehme Kieselsteine mit. Nein, ich weiß ihn auswendig. Außerdem hat er eine Fahrstraße entdeckt, mitten durch den Wald, das hat keine Gefahr. Er besteigt sein Auto und fährt auf ihr entlang, Bäume rechts und links, er kann sich nicht verfehlen. Das Auto hält vor einem großen Haus. Es wartet vor dem Portal, bis er es wieder aufschließt, neun Stunden später, zehn Stunden später, zwölf Stunden später, Bäume rechts und links, er kann es nicht verfehlen. Er kommt zurück. Er öffnet das kleine Eisentor. Er ist mein Mann".

„Und Sie?"

„Ich bin eine Frau".

Hat er die kleinen Perlen auf der Stirn mit dem Ärmel fortgewischt?

„Sie kämpfen nicht?"

„Nur, wenn man versucht, mich festzuhalten".

„Ich werde Sie nicht festhalten".

„Das fürchte ich auch nicht. Sie haben an Ihrem Kampf genug".

„Meinem Kampf –?"

„Frei zu sein. Gegen ihre Vergangenheit. Ich riete Ihnen zu einem Hund. Allee haben Sie schon. Und wenn eine Dame eine Haarnadel auf Ihrem Teppichboden verliert, heben Sie sie auf".

„Wozu?"

„Weil Erinnerungen Gäste sind".

„Gäste –!" Er ist aufgesprungen, als ob er sich in einer überlangen Perlenkette verfangen hätte.

XXI
Samstag, 21 Uhr.

Aber wenn es im Park stürmisch ist –
Wir stehen auf der obersten der acht Steinstufen, die in den
Garten führen. Unter uns der Gartenkies. Es ist windig. Er hält
sich mit der einen Hand an dem kleinen weißen Geländer fest. Die
Lampen rechts und links unterhalb der hochgezogenen Markise
beleuchten ihn, die Stufen, den Gartenkies. Drei zugeknöpfte
Knöpfe an seinem Jackett.
Wenn wir die Eichentreppen im Inneren des Hauses hochgegangen
wären, hätte ich ihn bitten können, sich auf dem Teppich aus-
zustrecken. Wir werden uns den aufrechten Gang zumuten. Den
aufrechten Gang von Parkbäumen. Parkbäume bitten einander
nicht, sich auf dem Rasen auszustrecken.
Wir sind auf der untersten Steinstufe angelangt. Er wendet sich
mir zu und küsst mich, die Hände auf den Rücke gekreuzt. Weil
er ein Parkbaum ist? Aus Artigkeit? Aus Furcht vor Strafe?
„Küssen Sie immer mit auf dem Rücken gekreuzten Händen?"
„Gewöhnlich nicht".
„Wie machen Sie es gewöhnlich?"
„Gewöhnlich nehme ich ein Gesicht, das ich küssen will,
zwischen meine Hände".
„Warum jetzt nicht?"
„Weil Sie es nicht wünschen".
Nicht wünschen. Er geht neben mir auf dem Kies.
„Ich bestätige Ihren Gang an meiner Seite"!
Er zieht eine kleine weiße Karte aus der linken oberen Jacketttasche,
er verbeugt sich, er setzt den Gang an meiner Seite fort. Ein Mann
für eine Herbstnacht.
Ich tue dir Unrecht? Ja, ich tue dir Unrecht. Du liegst unter dem
Gebirgsbach, wo er aus dem Fels stürzt. Du kannst nicht einmal

mit den Wimpern schlagen. Du musst die Augen offen halten. Du musstest es doch wissen, kleiner Hirte, wie die Bäche im Frühling sind.

Vorgestern, vor einer Viertelstunde, vor einem Vierteljahrhundert hätte ich dich unter dem Bach fortgezogen und das Kleid aufgeknöpft, aber erst, wenn ich dich mit dem Ärmelbatist trocken gerieben hätte, vorgestern, vor einer Viertelstunde, vor einem Vierteljahrhundert. Jetzt muss ich dir diesen Gang auferlegen, im Herbst, an meine Seite. Ich will wissen, ob du noch zu etwas anderem taugst, als den Kopf an meine Brust zu legen.

Als ich sie auf der grünen Bank wieder sah, nach viereinhalb Jahren, und ich dachte, ich muss mich knien und sie von ganz tief unten aus dem Wasser ziehn, wie das Wasser staubt, es sprüht und weht mir an den Schläfen, hat sie mir vielleicht zum allerersten Mal geglaubt, dass ich imstande wäre, sie zu tragen, vom Wasser fort durch verschiedene Straßen, die Treppe hoch, die Balkontür auf, um die Abendluft einzuladen.

‚Darf ich die Augen schließen, einen Moment und den Kopf an deine Schulter legen, danke, jetzt können wir reden, du und ich, in der Abendluft, ohne Mann, in einer erwachsenen Sprache. Das liegt so schwer auf uns, die ganze Nacht, und wenn es aus dem Schlaf auffährt: Ja, hier ist die Brust. Der Kopf wird mir schwer, verrutscht in meinem Arm, klemmt mein Herz, diesen törichten Muskel, der mir immer noch nicht glauben will, dass es keine solchen Abenteuer gibt, wie er sie fordert'.

Erinnerst du dich, mein Herz, so eine lange Nacht. Durch die ganze Nacht. Er fand dich interessant, mein Herz, hat er gesagt. So viel Mutwillen und so viel Ernst, hat er gesagt. Ganz nach seinem Herzen. Und er muss wissen, was er sagt, wo sein Name sogar in der Presse steht. Eine Unterhaltung wünscht er sich, hat er gesagt, von Herz zu Herz, wie das so selten ist, mit Mutwillen und Ernst. Du warst geschmeichelt, mein Herz, wie das so natürlich ist, du und dein flatterhafter Eigensinn. Geh, ich habe dich verabschiedet, ich erlaube nicht, dass man dich kränkt. Bis du erwachsen bist, mein Herz und mir zur Hilfe kommst. Lass nur, lass dir noch Zeit. Ich bin eine Frau. Ich komme allein mit ihm zurecht, ohne dass es mich kränken muss.

Eine Unterhaltung hätte er gesagt? Ja, er hat mir so viel zu sagen. Er hat mir so viel zu zeigen. Ich soll ihn nur verstehen. Ich soll ihn nur bewundern. Ich soll ihn nur verteidigen. Denn ich muss wissen: In der Presse steht auch Unfreundliches über ihn. Er hat da sogar Feinde. Und nachts kommen sie in Scharen und nehmen ihn aus. Wie Aasgeier. Ob ich diese Vögel kenne?

Nein, in Vogelarten kenne ich mich nicht besonders aus. Du musst es mir erklären. Er erklärt es mir: Diese Vögel kennt er ganz genau, und er ist noch immer mit ihnen fertig geworden. Das soll ich ihm glauben. Ich glaube es dir ja und bewundere dich, jetzt bis du schon groß und kannst dich beinah wehren, und die Vogelart von der du sprichst, wird es nicht mehr wagen, dir einen Hemdknopf anzupicken. Und wenn doch, werde ich sie verscheuchen, wenn du schläfst, du hast sie mir ja deutlich beschrieben.

‚Liegst du gut?'

‚Ja, sehr gut. Ich liege immer gut, wenn du auf mir liegst, meine kleine Bestimmung'.

So eine lange Nacht. Durch die ganze Nacht. Ich habe etwas Algebra mit dir gemacht, mein Kopf, und dich ein neues Saitenspiel gelehrt, mein Herz.

„Sie wissen, dass ich von Ihnen wissen will, ob Sie noch zu etwas anderem taugen, als den Kopf an meine Brust zu legen?"

„Wollen Sie den Ihren an meine Brust legen?"

„Vor einer Viertelstunde".

„Vor einer Viertelstunde?"

„Vor einem Vierteljahrhundert, als ich noch nicht wusste, wie anhänglich ich bin".

Wir sind am Tor. Wir sind nicht in Richtung der Platanengruppe gegangen. Es ist weit geöffnet, beide Torflügel. Noch einen Schritt, und ich kann es hinter mir zuziehen, beide Flügel. Ich mache den

Versuch. Er sieht mir durch die Gitterstäbe zu, wie ich die Flügel aufeinander zu bewege, gegeneinander lehne, von außen anziehe. Wenn er den Versuch macht, sie wieder zu öffnen – die Nacht ist schwarz nach ein paar Metern. Er macht ihn nicht. Die Gitterstäbe stehen eng nebeneinander.

Da kommt ein Wagen. Er will das Hotel verlassen. Nicht alle Gäste bleiben über Nacht. Wer öffnet ihm das Tor – du oder ich? Oder werden wir es gemeinsam geschlossen halten, ich von außen, du von innen?
Die Scheinwerfer leuchten uns aus. Ich fordere ihn durch die Gitterstäbe auf, das Tor zu öffnen, wo er doch noch nicht ganz, vollkommen unabhängig ist.

XXII
Samstag, 21 Uhr 30.

Er hat mich in beide Arme gezogen, als der Wagen durch das geöffnete Tor gefahren ist. Die beiden Lampen auf den steinernen Pfosten rechts und links der schmiedeeisernen Angeln beleuchten den Kies, ihn und mich. Er musste einige Schritte in den Garten zurücktreten, um das Tor wieder zu öffnen. Ich bin diese Schritte in den Garten hineingegangen. Um den Kopf an seine Brust zu legen? Aus Neugier? Reue? Um ihn zu belohnen? Aus Dankbarkeit? Aus einem Gefühl der Errettung?

„Jetzt zwei Schalen Tee".

„Sonst nichts?"

„Vielleicht. Das hat Zeit. Wie beim Meer.

Da sind immer noch Dünen davor".

Er hat beide Arme geöffnet.

„Wissen Sie, dass ich unter der Aachener Bahnhofsuhr Lust auf einen Bittgang zur Klauserkapelle mit Ihnen hatte, für unser Rendezvous?"

„Um was bitten wir?"

„Jetzt?"

„Jetzt".

„Kennen Sie das Zimmer, in das wir gehen werden?"

„Nein. Aber ich bedauere jede Sekunde, die wir hier verschwenden".

„Wären wir uns da näher?"

„Nackt. Aber näher".

„Ich weiß das nicht mit Bestimmtheit".

„Ich weiß es mit Bestimmtheit".

„Aber Sie haben mich nicht geküsst, als ich nackt war".

„Erstens nur zur Hälfte, außerdem – Sie haben mich aufgefordert".

„Auf Aufforderung küssen Sie nicht?"

„Doch".

Er küsst mich.

Ich registriere den Kuss wie die Annäherung eines Sterns, wie die Hälfte eines lebenden, auseinander geschnittenen Tiers, aber kein Gedanke an Verschmelzung.

„Es war einfacher, als alles seine Ordnung hatte".
Er unterbricht den Kuss: *„Seine Ordnung?"*
„Seine Ordnung. Ich wünschte beinah, ich wünschte sie zurück".
„Sie können nicht?"
„Ich weiß nicht, ob ich kann".
„Aber Sie könnten – ?"
„Ich könnte mancherlei. Fledermäuse bei Tag aufschrecken. Im neunten Monat schmal wie eine Mondsichel sein. Ungefähr alles, außer einen Kuss erwidern".
„Sie lieben geistreiche Unterhaltung".
„Ich bin sehnsüchtig".
„Also –?"
„Ich habe nicht gesagt, nach Ihnen".
„Wären Sie es gern?"
„Haben Sie eine Zigarette?"
Er hat nicht. Aber ich habe. Ich nehme das Etui aus meiner Handtasche. Alleine rauchen. Alleine zwischen Parkbäumen stehen. Alleine zum Spiegelweiher gehen. Ich bin gerne alleine. Ich muss aufpassen, dass man mir nicht anmerkt, wie gerne alleine. Das scheint kein selbstverständliches Anrecht zu sein. Gesteht sich zumindest schwer. Wie müsste man das ausdrücken, wenn man es aufgeben wollte zu lügen?
Etwa so: Ich habe ein Selbstverhältnis. Klingt pornographisch. Besser nicht. Besser weiter so, wie ich es gewohnt bin, mit den Anzeichen höchster Verwirrung: ‚Ach, es tut mir leid, ich habe ganz vergessen, dass ich verabredet bin, sogar in höchster Eile'. Ich kann doch nicht laut sagen, dass ich selber an der nächsten Straßenecke stehe. Verzeih, mein Ich, es ging nicht früher, fühl mal, wie nass die Bluse ist, ich habe mich geeilt. Aber ich habe dir etwas mitgebracht, einen neuen Lippenstift, komm, wir wollen

ihn ausprobieren, unter der Straßenlaterne, halt still. Sei nicht so abweisend, mein Ich, du bist der abweisendste meiner Geliebten. Oder soll ich sagen Liebhaber? Werde ich dich zu lieben haben, oder wirst du mich lieben, mein Ich?

Du wirst mich noch ins Unglück stürzen, wenn das so weiter geht, mein Ich. ‚Mit wem sprichst du, Mama?' ‚Aber mit dir, mein Schatz'. ‚Wo sollen wir uns kennen gelernt haben?' ‚Ach ja, ich erinnere mich, reizend, Sie wieder zu sehen'. ‚Richtig, wir waren per du'. ‚Aber bitte, bedienen Sie sich'. ‚Verzeihen Sie, die Stereoanlage, man versteht sein eigenes Wort nicht'.

Ich habe Rücksichten zu nehmen, mein Ich, es gibt da Personen, die behaupten, mit mir in Verbindungen zu stehen, als Mann, Tochter, Sohn, Schwester, Freundin, Mutter und einfach so – und dann wird ein Ort genannt, auch ein Zeitpunkt, zu dem man sich mit größter Bestimmtheit kennen gelernt hat, auch näher. Mit einem Wort, ich habe mein Leben, du wirst dich daran gewöhnen müssen, wenn du an meiner Seite bleiben willst.

Ich meine es gut mit dir, dieser Mann da uns gegenüber, der uns ungestört eine Zigarette rauchen lässt, ist nicht so übel, wenngleich, wir wollen nicht übertreiben. Auch kennen wir ihn noch nicht.

Wir kennen ihn noch nicht? Kennen wir uns, mein Ich, ich meine einander? Wenn du so unfreundlich bleibst, mein Ich, lasse ich dich hier stehen und reiche ihm den Arm über den Kies. Sechs Steinstufen hoch. Die Eichentreppe hoch.

Schließlich ist er aus Fleisch und Blut. Und du ein Hirngespinst. Ich meine, wenn ich mich von dir abziehe, mein Ich: Mein eigenes Fleisch und Blut. wo sind deine Arme? Deine Augen? Dein Trost? Du verkörperst eine andere Ordnung? Armlos? Trostlos? Augenlos? Null-Komma-null-acht-Kilometer in der Sekunde, fünf Kilometer in der Sekunde, dreihunderttausend Kilometer in der Sekunde –?

Imposant, mein Ich, doch, ich höre dir zu, ich will mir nur die Zigarette ausdrücken. Ich, ich habe dich erkannt, durchaus, mein Ich, verzeih –: Du bist die Freiheit.

„Wären Sie bereit, mich vor der Freiheit zu schützen, mein Herr – für die Dauer unseres Rendezvous?"

Er reicht mir den Arm. Wir gehen über den Kies. Sechs Steinstufen hoch. Die Eichentreppe hoch. Aus Fleisch und Blut.

XXIII
Samstag, 22 Uhr.

Wenn man in Verwirrung ist, zieht man gerne an einem Klingelzug. Ist keiner da, drückt man auf einen Klingelknopf. Und dann kommt der Kellner und fragt nach dem Wunsch.

„Wären Sie so freundlich, das Bett aufzudecken, danke, und zwei Schalen Tee – für mich und den Herrn".

Und als er gegangen ist, und als er zurückkommt, mit dem Tablett – er hat angeklopft – was fällt mir ein, mit ganzer Person stehend einen Sessel zu verdecken, auf dem ein vollständig bekleideter Herr sitzt?

Wenn man seine Gedanken nicht beisammen hat, ist man nicht Herr der Lage. Wo es doch ein Kinderspiel ist, zu zweit nackt auf einem Bett zu empfangen.

„Wenn es Ihnen nichts ausmacht, warten Sie noch einen Augenblick mit dem Eingießen des Tees. Wir müssen uns erst in Augenschein nehmen. Wir haben uns bisher nur in Winterkleidung gesehen, Sie verstehen, nehmen Sie doch bitte solange auf dem Sessel Platz".

Aber leider ist es umgekehrt. Wir empfangen nicht zu zweit nackt auf einem Bett. Und Winterkleidung macht verlegen. Ich möchte mich gern bei dem Kellner entschuldigen, dass wir noch nicht dazu gekommen sind, sie abzulegen.

Hör, mein Ich, du könntest mir schon gefallen: Null-Komma-Nullacht Kilometer – fünf Kilometer – dreihunderttausend Kilometer in der Sekunde. In menschlichen Dingen geht es nicht so schnell wie in Fahrt-, Schall- und Lichtgeschwindigkeiten. Ich weise mit der Hand auf einen kleinen Tisch für das Tablett. Entschuldigen Sie, Herr Kellner. Und als er gegangen ist – *„Sie müssen mir zugeben, das ist Betrug, ich hatte Ihnen geschrieben –".*

„Und wenn ich es nicht zur Kenntnis nehme?"

„Dann nehmen Sie nicht zur Kenntnis, dass ich Sie nicht liebe".

„Aber ich will, dass Sie mich lieben".

„Ich weiß: Mit blitzenden Zähren".

Sind das Tränen, die sich da in deinen Wimpern verfangen haben, oder nur blitzende Zähren?

„Ich bestätige Ihnen, Sie nehmen es mit den Gegenständen in diesem Zimmer auf. Ich ziehe Ihnen Ihre besondere Gegenwart sogar vor. Ich wünsche Ihre Nähe".

„Ich werde sie Ihnen nicht geben".

„Was?"

„Meine Nähe".

„Sie haben dem Rendezvous zugestimmt".

„Wer sagt Ihnen das?"

„Und werden dieses Zimmer jetzt verlassen?"

„Ich denke nicht daran".

„Sie haben kein Recht, hier die Nacht mit mir zu verbringen, wenn Sie sich nicht auf ein Abenteuer mit mir einlassen".

„Sie haben kein Recht auf ein Abenteuer mit mir, wenn Sie mich nicht lieben".

„Sie haben noch keinen falschen Satz gesagt. Auch keine falsche Bewegung".

„Doch – einiges war falsch".

„Nicht schlimm. Nicht irreparabel".

„Ich werde es falscher machen".

„Es wird Ihnen nicht gelingen. Sie besitzen keinen Herbstmantel, nicht wahr?"

„Nein. Wieso? Es ist doch nicht kalt".

„Herbstmäntel zieht man nicht an, weil es kalt wäre".

„Sondern?"

„Um sich und andere zu beweisen, dass man den Umschlag der Jahreszeit registriert hat".

„Ich verstehe nicht –"

Lass. Du wirst es nicht falscher machen. Aber was mache ich?

„Und wenn sie dich anriefen am nächsten Morgen – hingst du ein?"

„Ich verbiete Ihnen –"

„Was?"

„Bleiben wir beim Sie".

„Soll ich um eine spanische Wand klingeln?"

„Um ein Schwert".

„Gut, ein Schwert. Aber nicht nötig zu klingeln".

„Warum?"

„Ich habe es in der Handtasche und lege es jetzt auf die Bettmitte. Erlauben Sie unter dieser Bedingung, dass ich mich ausziehe?"

„Nein".

„Dass ich Sie ausziehe?"

„Nein".

„Darf ich mich in den Sessel Ihnen gegenüber setzen?"

„Nein".

„Aber Sie bedauern jede Sekunde, die wir bisher verschwendeten?"

„Wer sagt das?"

„Sie. Weil wir uns nackt näher wären. Der Tee wird kalt. Mit Zucker?"

Ich halte ihm die ungezuckerte Teeschale hin.

„Können Sie ihn so trinken?"

Drossel, lass mich nicht im Stich, ich öffne dir das Fenster, erzähl ihm, was du noch vom Sommer weißt, in beide Ohren. Übertön den Pfau, der sich unten im Park heiser schreit, er ist dumm wie eine Dame.

„Waren Sie schon einmal in einem Glashaus?"

Er reicht mir die Teeschale zurück. Er hat sie nicht mit den Lippen berührt.

Als ich noch sehr stolz war wie eines Tages vielleicht einmal wieder, beschloss ich ein Glashaus zu kaufen. Alle Gegenstände darin waren aus Glas. Betten. Tische. Stühle. Auch das Obst, die Speisen, die Teppiche, die Pflanzen, die Laken.

Ich ging durch mein Haus aus Glas. Ich saß auf einem Stuhl aus Glas. Ich lag auf einem Bett aus Glas. Und jeder, der in mein Haus kam, – da sonst alles aus Glas war, waren da, wo gewöhnlich Fenster aus Glas sind, einfach Öffnungen – konnte in meinem Haus herumgehen, stehen, sitzen, liegen, wie er wollte. Auch mit mir. Ich gehörte in das Haus. Ich fiel nicht einmal besonders auf. Ich war ja auch aus Glas.

Aber jeder Besucher konnte seine sorgenvollen Gedanken auf meine Glaskommoden absetzen, und dann verwandelten sie sich in hübsche Glasgegenstände. Manchmal nahm ich den einen oder anderen dieser Glasgegenstände in meine Hand. Das war dann fast so viel, als hätte ich selbst einen sorgenvollen Gedanken zu Glas verwandelt.

Aber draußen um mein Glashaus lag die Welt. Sie zog verhängnisvolle Kreise, wie Vögel, die sich vor dem Gewitter fürchten. Ich versuchte, mein Glashaus größer zu blasen, aber das ging nicht. Und die Welt kam immer näher. Flatterte mit den Flügeln und bedroht es und fürchtete sich zugleich.

Das sahen die Besucher und kamen seltener und kehrten häufiger auf dem Absatz um, vor meinem Haus. Nur einige freimütige Besucher saßen noch auf den Bänken und Teppichen in meinem Haus. Meine Kavaliere, die sehr wohl wussten, dass man mein Haus nicht schmähen konnte, ohne das Glas zu schmähen.

Drossel, es hilft mir nichts. Er hat sich nicht bewegt. Er will nicht einmal die Teetasse zurück aus meinen Händen. Doch, vielleicht, wenn wir zu seinen Füßen knieten und sie ihm mit ausgestreckten Armen hoch reichten. Er zählt jede Sekunde, die wir aufrecht stehend verschwenden. Wir sollen blitzende Zähren um ihn weinen. Wir sollen ihn nicht in unser Glashaus bitten. Wir sollen ihn nicht bestätigen. Wir sollen ihn bekennen.

Bekennen, dass es immer grün ist unter dem Eis, bekennen, dass wir den vergangenen Schmerz wieder erkennen, bekennen, dass er uns ganz und gar besitzen soll. Er steht wieder auf, wenn wir uns einfallen lassen wollen, er sei vergangen. Am Friedhof lang, Zedern und Zypresse, ich wink euch mit dem Taschentuch, ich komme bald zurück, erzähl euch dann, aber nicht von Liebe.

„Ich kann Sie nicht lieben".

„Doch".

„Wer sagt Ihnen das?"

„Sie selbst".

„Ich sagte: Rendezvous. Nicht Liebe".

„Sie sagten Liebe".

„Ich denke nicht daran".

Ich stelle die Teeschalen auf den kleinen Tisch zurück.

„Ziehen Sie sich aus".

„Nicht ohne Schwert".

„Ohne Schwert".

„Nicht ohne Schwert. Sie haben mir auf Ehrenwort versprochen –"

„Sein Herz wird sich nicht bewegen".

„Auch nicht mit blitzenden Zähren?"

„Was kümmern Sie blitzende Zähren?"

Ich stehe an dem kleinen Tisch. Er sitzt mir gegenüber. Zwanzig kleine Knöpfe. Ich ließ es vorne knöpfen.

Ich habe keine Kette zwischen den Brüsten, aber meine Haut kommt mir mit jedem Frühjahr näher. Seit einiger Zeit so nah, dass ich ihr keinen Schmuck mehr kaufe. Sie wäre imstande, ihn mir zurückzugeben. Sie verlacht mein öfter blasses Gesicht.

Wo wärst du, meine Haut, wenn dich keine Kleider schützten vor allzu großer Hitze, vor allzu großer Kälte, vor sorgenvollen Gedanken? Aber ein Gesicht trägt man über den Kleidern. Der Staub setzt sich an ihm fest. Auch wenn ich es mit klarem Wasser wasche. Ich bin gegangen, ihm Rouge zu kaufen, damit es nicht gegen dich abfällt, meine schöne Haut unter den Kleidern.

Ein bis zur Taille aufgeknöpftes Kleid liegt fest um die Hüften. Ich werde es weiter öffnen. Wir sind im Chambre séparée. Drossel, flieg zum Pfau, erzähl ihm, was du noch vom Sommer weißt, hier wirst du nicht gebraucht.

XXIV

Samstag, dieselbe Zeit.

Braunrotes Manteltuch, ob du noch für eine Kapuze reichst, du hast mich zu bedecken. Von Kopf bis Fuß. Ich bin eine Frau. Was niemand weiß. Wir werden es niemand verraten. Nur dem Spiegel, unserem Freund. Er wird es nicht weitersagen. Wenn du nichts weitersagst, wirst du alles sehen: Halbrunden Schoß, Brüste kennst du schon. Viel zu schade für einen Mann. Wir werden uns Freundinnen suchen.

Wenn Rosa beim Teekochen war und Solange eine andere Platte auflegte und ich mich über das Treppengeländer beugte, und ein Mann kam die Treppe hoch, riefe ich in den Flur hinein: ‚Es ist nichts, nur ein Mann'. Und alles lachte.

Und wenn er auf der Türschwelle zögerte, ob er eintreten kann, lächelte ich: ‚Selbstverständlich' und setzte mich auf Theresas Schoß zurück. Und wenn Sie Spalier gestanden hätten, ich hätte sie nicht gesehen.

Männer, wie könnte man dieses Fremdwort erklären? Rosa, ich habs, etwas, das vollkommen überflüssig ist, wie Eidechsen oder Disteln auf heißem Sandstein.

Aber Rosa widersprach: ‚Unholde. Ausnahmslos Unholde'.

Theresa war die älteste von uns, man konnte sie fragen.

‚Glaubst du auch, dass es Unholde sind?'

Theresa nickt mit dem Kopf. Sie schien es aus Erfahrung zu wissen.

‚Ein Unhold geht nicht hold mit uns um?'

‚Nein', begütigte Theresa, ‚aber was gehen dich die Unholde an'.

Klar, was gingen mich die Unholde an.

Aber dann hörte ich, dass es so einfach nicht war. Es gab auch holde Unholde. Sie saßen in einem blühenden Ginsterbusch, und wenn man sich nicht vorsah, in der Mittagszeit, sprangen sie aus dem Busch. Nicht schrein, der Ginster leidets nicht. In der Mittagszeit.

Pah. Ein unholder Unhold. Ein holder Unhold. Männer. Nur ein Mann. Ich aber bin eine Frau. Ich überquere alle Plätze meiner Stadt noch nach Mitternacht. Ich betrete meinen Turm, ich steige die Treppe hoch, ich setze mich ganz oben auf meinen Balkon und lasse alle Fenster erleuchtet. Wer wagt sich über den Platz? Wer wagt sich an meinen Turm? Wer steigt meine Treppe hoch? Wer kommt zu mir heraus auf den Balkon? Ich hätte Zeugen: Die Sterne. Außerdem schreibe ich alles auf einer goldenen Tafel auf – Holdes und Unholdes. Und die äußerste Vorsichtnahme: Mein finsteres Gesicht.

Es ließ sich dennoch nicht ganz vermeiden, dass sich der eine oder andere irrte. Dann gab ich ihm Bescheid, bis er sich nicht mehr irrte. Aber ich hatte Freundinnen. So verräterisch wie Frühlingssonne. Das Eis taut, taut, taut. Rosa nicht. Rosa blieb sich treu. Aber die anderen.

,Da ist er'.

,Wer? Ich sehe nichts'.

,Aber geh – er'.

,So. Da ist er. Ich tue dir den Gefallen und tue so, als ob ich etwas säh. Ich sehe nichts. Zwei Beine. Kann sein. Du dauerst mich, dass du da mehr zu sehen scheinst. Ich gehe für mich in den Wald, um Haselkätzen'.

,Gib acht, ein Auto, das Individuum, das du da zu sehen scheinst, steht auf der anderen Straßenseite. Nein, das meinst du nicht? Du meinst schon wieder ein andres? Ich muss sehr schlechte Augen haben, wenn die Götter so haufenweis durch unsere Straßen gehn, und ich seh sie nicht einmal. Bleibt bei mir, Solange, Klara, Theresa, Dorothee, – meineidig wie die Nacht. Ich werde mich rächen. Ich bin verheiratet. Ich öffne in einem roten Pelzledermantel die Tür zu einem kleinen Lokal, in dem nur ihr miteinander tanzt. Bitte – ich bin eine Frau, ihr könnt mich mit euch tanzen lassen. Ich lasse den roten Pelzledermantel auf den Boden fallen. Wenig Kleid. Viel Haut. Viel Arm. Damit ihr euch erinnert. Ich schlafe heute Nacht mit euch. Ich fand die Adresse in einem öffentlichen Telefonbuch.

Das ist ein offizielles Anbahnungslokal. Ich mache euch einen Anbahnungsbesuch. Oder muss man euch hier bezahlen? Wartet, ich habe ein Gedicht an euch in meiner Manteltasche verloren. Nicht nötig? Es ist schon gut? Aber wie ich es mag? Mag? Mag? So ein Puff. Seid ihr verrückt geworden? Wo hier nicht einmal Götter rum stehen. Oder haben sich die Zeiten geändert, und wir schmücken uns füreinander? Die violetten Schatten auf eurem Augenlid und die noch dunkleren unter dem unteren Rand eurer Wimpern – ihr schlaft wohl nicht vor Liebe?

Ihr lacht. Ich werde es auch noch lernen, mich ebenso geduldig wie ihr mit irgend so einem Zeug voll zu stopfen, damit ich überhaupt komme, komme. Du aber bist aufgestanden, weil es Wunder gibt, gegen jede Wahrscheinlichkeitsrechnung. Weil es nicht auszuhalten ist ohne Wunder.

Was mir einfällt, hier so hereinzuschneien. Wo sie nicht einmal das Handwerkszeug einer Lesbe kann, seht euch das an'.

Ich sehe an den Tischbeinen eurer kleinen Tische hoch, euren Armen hoch, euren Schultern hoch, Nacken hoch, Haartürmen hoch.

,Vielleicht doch, wenn du es mich lehren willst'. Ihr Zorn war verraucht. Ihr Zorn. Nicht ihre Liebe. Die begann. Sie wohnte hinter dem Bahndamm. Züge die ganze Nacht. Ein halbes Jahr.

Aber ihr hätte ich nicht erzählen können: Männer, Liebste, das kennt mein Herz, diesen törichten Muskel, der mir immer noch nicht glauben will, dass es keine solchen Abenteuer gibt, wie er sie fordert. Sie hätte es als Verrat empfunden. Außerdem kennt sie keine Männer.

Ich kannte. Immer schon. Onkel Julius kann die Hand nicht mehr zum Mund führen. Die Serviette fällt ihm in die Suppe. Und wenn die Sonne unterging, und ich wusste nicht mehr, ob er das Crèmetörtchen vor seinem Tod noch bekommen hat, oder den Rotebeetesaft, weil seine Leber Rote Beete braucht – er aber hat Crèmetörtchen gesagt – da wusste ich: Und wenn ich mir die größte Konditorei von Paris errichte, direkt gegenüber dem Cimetière …,

„jetzt ist es zu spät, um dem Verbrechen der abgespeisten Wünsche

ins Auge zu sehen".

Ich übertreibe, ich mache es verkehrt, sagt Tante Ada. In Tante Adas Flur stand ‚Betteln und Hausieren verboten'. Aber Tante Ada machte königliche Ausnahmen, zwölf an der Zahl, und weil sie es mit dem dreizehnten nicht verderben wollte, in Gottes Namen dreizehn. ‚Aber so kann das nicht weitergehen, guter Mann, Sie müssen nach einer Arbeit trachten, zum allerletzten Mal'. Und die Tür wieder zu und rosig vor Rechtschaffenheit, den Staubwedel in beiden Händen, wo nirgendwo ein Staub lag.

Wenn ich mir auf die Lippen biss – eine Frau kann sich selbst nicht so einfach durch den Türspalt reichen wie einen Apfel oder ein Fünfmarkstück – Tante Ada, mit einem Wort, fand es übertrieben: ‚Man ist wer und man gibt, was man hat'.

Klar. Nur: Wer ist man, und was hat man?

So verging die Zeit in einer großen kleinbürgerlichen Angst, die kleinste Andeutung eines Wunschs zu übersehen. Wünsche muss man doch ermutigen. Wünsche muss man doch erfüllen, so dass der Wunsch nach mehr Wunsch entsteht. Es ist so gut, wenn du überhaupt einen Wunsch hast. Was hast du, Tante Ada, dass du die Hände immer in die Einkaufstasche steckst? Kränk dich nicht über die Handschuhe. Ein Fehlkauf von Mama. Ich gehe um leichtere, mehr für den Sommer. So verging die Zeit. Du wirst es ausbaden müssen. Du hast dich mir in den Weg gestellt, als ich mit mir selbst zu Rate ging, ob ich mich dieser großen kleinbürgerlichen Angst weiter beugen, oder ob ich sie verabschieden werde. Wer sich mir in den Weg stellt, wenn ich zum Spiegelweiher will, muss es mit ihm aufnehmen können.

Gib zu, du hast bereits verspielt, im nächsten Augenblick.

XXV
Samstag, 22 Uhr 45.

„Ich hätte den Kunststoffrasen Ihres Appartements diesem Zimmer
vorgezogen".
„Mit oder ohne Blitzlicht?"
„Ich dachte, das Tageslicht ist eine neue Herausforderung
für die Photographie".
„Der Park ist zu dunkel. Morgen früh um zehn".
„Ich habe meinen Reitanzug nicht dabei.
„Ihren Reitanzug?"
„Wie immer morgens gegen zehn".
„Und abends gegen zehn?"
„Eine Kamelie hinter dem linken Ohr und einen Silberfuchs um
den Hals, Kopf und Pfoten im Rücken selbstverständlich".
„Sonst nichts?"
„Doch. Meine Schuhe".
„Unabhängig von der Jahreszeit?"
„Überwiegend im Wechsel der Jahreszeiten".
„Aber jetzt sind Sie nackt".
„Der Herbstbeginn liegt zwei Wochen zurück. Nehmen Sie Ihre
Kamera. Ich möchte Ihre Sammlung vervollständigen. Es fehlte
Ihnen in diesem Zusammenhang noch ein Sujet".
„Ich muss Sie enttäuschen. Sie eignen sich nicht. Ich habe mich
getäuscht".
„Aber sich bis jetzt nicht korrigiert".
„Dann wären Sie nicht gekommen".
„Dann werde ich jetzt gehen".
Er ist aufgestanden, den rechten Fuß auf der Sesselkante, die linke
Hand in der Hosentasche, den mittleren Jackettknopf zu.
„Und wenn ich Sie nicht gehen lasse?"
„Würde das bedeuten, Sie hielten mich fest".

„Ich denke nicht daran", – er stellt sich mit dem Rücken gegen die Zimmertür –, „Sie sind frei".

"Und wenn ich durch die Zimmertür gehen will?"

„Stehe ich da".

„Wie lange?"

„Bis morgen früh um zehn".

„Sie haben Ihren Reitanzug dabei?"

„Ich vergesse nichts, was ich brauchen könnte".

„Ich auch nicht".

Ich ziehe mich wieder an, den schwarzen Strippenhalter, auch die schwarzen Strümpfe. Linker Stiefel. Rechter Stiefel. Keine Kette zwischen den Brüsten. Stört auch nur bei einem Morgenritt.

„Und die Peitsche?"

„Sie vergessen das Jahrhundert, mein Herr, auch wenn Sie sich in der Festung befinden. Ich schenke Ihnen eine private Reiterarmee zu Ihrem nächsten Geburtstag".

„Mit zehn Jahren".

„Richtig. Ich vergaß. Eine Flotte".

„Mit vierzehn Jahren".

„Richtig. Ich vergaß. Ein Monokel".

„Mit siebzehn Jahren".

„Richtig. Ich vergaß. Es tut mir leid, mein Herr, ich folge nur Ihrer Biographie: Den Tripper".

„Mit neunzehn Jahren".

„Richtig, ich vergaß, was nun – eine gesammelte Werkausgabe, die väterliche Firma, eine Stadt voller Kleinbürger, Anne-Liese, Jörg, Xaver, Isabell – Ihre Familie".

„Mit zwanzig, dreißig, vierzig Jahren".

„Richtig, ich vergaß. Ein Ihnen noch fehlendes Sujet für Ihre Sammlung. Aber Sie scheinen es verschmähen zu wollen. Was sonst? Einen Hund, sagte ich schon, Allee haben Sie ja, er kann Sie morgens zum Atelier begleiten –"

„Warum begleiten Sie mich nicht?"

„Ich kenne meine Grenzen".

„Ihre Grenzen?"

„Als Kleinbürgerin mit Familiensinn".

Kleine Perlen auf einer Stirn nennt man Schweißperlen.

„Ich habe nicht gesagt –"

„Nein. Sie hängen ein, am nächsten Morgen: ‚Jede verströmt (unverlangt und belästigend) Hingabe und Seele'.

„Es war nicht die richtige".

„Sie amüsieren mich".

„Ich schwöre Ihnen –"

„Vor einer Viertelstunde –"

„Was?"

„War ich die richtige, wie jede andere".

„Sie hätten angerufen?"

„Wenn ich die Absicht gehabt hätte, Sie zu lieben".

„Und jetzt?"

„Werde ich es nicht in Erfahrung bringen, ob es Ihnen gefällt, den Hörer abzunehmen".

„Weil Sie nicht angerufen werden?"

„Weil ich nicht anrufen werde".

„Und wenn ich anrufe?"

„Stehe ich vor dem Spiegel".

„Und heben nicht ab?"

„Vielleicht doch, wenn Sie hinter mir stünden".

„Sie leisten sich Widersprüche –"

„Nicht widersprüchlichere als die Wahrheit".

„Werden Sie anrufen?"

„Heben Sie die nächste Haarnadel auf, die Sie auf Ihrem Teppichboden finden".

„Sie eignen sich für ein Eheanbahnungsinstitut".

„In dieser Branche habe ich erfolgreich gearbeitet".

„Und jetzt?"

„Möchte ich etwas verändern, eine andere Stadt, ein anderes Unternehmen".

„Haben Sie eine Marktlücke entdeckt?"

„*Es kommt mir so vor: Herrenmode*".

„*Passen sie auf, dass Sie sich nicht erkälten*".

„*Eine Frau ist immer angezogen. Hätten Sie ein Zentimetermaß? Ich werde etwas für Sie entwerfen. Ziehen Sie sich aus. Das Jackett, wenn ich bitten darf, da ist die Garderobe, Krawatte, Hemd, Manschettenknöpfe, Schuhe, Strümpfe, Gürtel, Hose – dachten Sie, wir gehen baden?*"

„*Wieso?*"

„*Wegen der Badehose*".

XXVI
Samstag, dieselbe Zeit.

Dem Weinen nah. So nennt man das doch. Mit gelöstem Haar. Und er wird alle Stationen überspringen. Warum soll er das nicht? O – er sollte. Jahrelang. Weil es erst nachher schön ist. Wenn man seine Adern unter der Haut betrachten kann. Man sagt sich: Er ist mein Geliebter. Man ist stolz, dass er einen so schnell genommen hat. Aber warum eben noch dem Weinen nah? Warum mit Tränen zwischen den Wimpern eingeschlafen? Eingeschlafen: O nein. Nur der Zimmerdecke zugewandt. Oder dem Fenster.
Bis er eines Tages schon halb im Schlaf über die Wimpern streicht: ,Warum ist das nass?' Wenn man das wüsste. Man sagt, dass man eine viel schönere Frau ist, als er weiß, und dass er überhaupt dumm ist. ,Warum?' fragt er, jetzt schon ganz im Schlaf. Es lohnt sich nicht mehr, ihm zu antworten.
Man sitzt neben ihm aufrecht im Bett, zieht die Knie an und das Nachthemd über die Füße, und verschränkt die Arme hinter dem Kopf und überlegt vernünftig: Wenn er dich wirklich liebte, würde er alles viel langsamer machen. Aber würde das nicht bedeuten, dass er sich langweilte? Wie beim Essen, wenn er das Essen vom linken auf den rechten Tellerrand schiebt. ,Schmeckt es dir nicht?' ,Wer sagt dir das' – schließlich habe ich es gekocht. Es ist entschieden besser so, wie es ist. Er beweist seinen Appetit, und ich vergieße meine Tränen. Nachher. Wenn er schläft. Weil es dann erst schön ist, seine Tränen zu vergießen. Das beweist einem, dass man auf seine Weise lebt.

Aber eines Tages kommt er mit einer Neuigkeit nach Hause: ,Warum hast du mir das nicht gesagt'. Er hat etwas über den weiblichen Orgasmus im Schaufenster gesehen. Er hat es sich gekauft. Er sitzt aufrecht neben mir im Bett und liest mit angezogenen Knien. Ich liege. Soll ich etwa zeigen, dass ich interessiert bin? Außerdem ist es seine Sache, meinen Orgasmus kennen zu lernen. Wer sagt überhaupt, dass ich an meinem Orgasmus interessiert bin? Aber es wird ja so manches für uns entdeckt.

,Das Wichtigste ist die Übung'.

Klingt vertraut. Wann war wo nicht das Wichtigste die Übung. Außerdem mache ich jeden Morgen Gymnastik. Bis ich müde werde. Er runzelt die Augenbrauen. Hier gilt das nicht. Hier gilt nur das Ergebnis.

Das Ergebnis? Ich zähle die Sekunden. Ich zähle die Viertelstunden. In der Zeit könnte man ein historisches Drama schreiben. Aber wer interessiert sich noch für historische Dramen?

Aber eines Tages habe ich ein Kapitel seiner Lektüre in der Hand: Die Frigidität der Frau. Ich lege es aufgeschlagen auf die Bettdecke, und als er mich fragend ansieht, erkläre ich ihm: ,Definitiv und ein für alle Mal'. Und es ist wieder schön. Nicht ganz so schön. Etwas beklemmend schön. Ich darf ja jetzt keine Tränen mehr vergießen. Mein Fall ist klar. Man weint nicht in definitiven Fällen.

Am Möwensteg, wo, wenn ich das noch wüsste, ich meine einen schmalen Steg um einen Turm herum an irgend einem Wasser – er ging so weit voraus, das Haar wehte im Nacken auf, wenn ich ihm von vorne begegnen könnte.

Nein, ich hüte mich, ich gehe allein auf den Möwensteg, um den Turm herum, unter mir Wasser. Und als ich schon fast um den Turm herum bin, sehe ich ihn, er hat sich umgedreht, er sucht mich auf der Straße, nach vorn und zurück. Er sieht mich nicht. Ich hüte mich, mich zu verraten.

Aber am Abend bin ich neugierig, gleichzeitig mit großer Furcht erfüllt, erfüllt, oder soll ich sagen, verzagt? Was könnte ich ihm geben – einen fügsamen Mund, einen noch fügsameren Körper.

Aber du bist Schuld, sage ich aus irgendeinem Trotz meiner Seele. Ich bin nicht mehr neugierig, ich werde im Schlafzimmer spielen. Er versinkt in ihrem Schatten. Ich darf wieder weinen. Aber es ist nicht mehr schön zu weinen.

Ich begreife, dass es ein Spiel ist, aber noch beneide ich grollend seinen Schlaf, sein Laken, seine Hand. Sie liegt auf seinem Körper. Es ist sein Körper, und er schläft. Auch wenn er nicht schläft, gehört seine Hand ihm. Er vergräbt die Stirn in ihr, er versteckt sein Ohr unter ihr.

Ich kaufe mir eine Katze. Ich trage sie auf dem Arm. Ich verstecke mein Ohr unter ihr.

Eines Tages begegnet uns auf der Straße seine frühere Freundin. Augenbrauen hoch. Sie. Lächeln. Er. Zorn. Ich. Ich nehme seinen Arm. Ich denke nicht daran, mir eine zweite Katze zu kaufen. Aber bei jeder Gelegenheit, ob sie passt oder nicht, sage ich jetzt: Wir beide. Und wenn es sich trifft, dass er und ich sich irgendwo zufällig begegnen, gehe ich in schnellem Bogen auf ihn zu, und er wölbt seinen Rücken. Die Freiheit ist die bewunderungswürdigste Gestalt der Welt, er wird mich nicht in Versuchung führen, wenn ich definitiv entschlossen bin, der Welt zu entsagen.

Und der Goldfisch sagt dir nichts, weil er stumm ist, und dein Kopf sagt dir nichts, weil er dumm ist, eine frigide Frau ist eine empfindungsarme Frau, aber das heißt noch lange nicht, dass sie der Welt entsagt hat.

Ich male Aquarelle, Komposition in rosa, für den Anfang. Ich gehe in einen Birkenwald, weil der nicht so grün ist. Aber selbst die Heiligen sind bunt in den Kirchen.

Ich eile mich nach Hause zu kommen, nein, fühl nicht, wie nass meine Bluse ist, das geht dich allerdings nichts an. Aber würdest du mich morgen früh zur Messe begleiten? Die Freiheit ist die bewunderungswürdigste Gestalt der Welt. Er wird mich zur Messe begleiten, wenn ich möchte. Eine kleine Hand. Meine Hand. Sie wird nicht größer beim Aquarelle malen, aber sie kann eine Bettdecke hochheben, wenn du schläfst, und ein Laken fortziehen. Und wenn du mich empörst, als wäre meine Frigidität dein Seelenheil – meins auch, versteht sich, es war ja mein Entschluss – schlüpfe ich aus dem langen Hemd. Die Freiheit ist die bewunderungswürdigste

Gestalt der Welt, ich habe meinen Entschluss geändert.

Aber ich werde nicht dir zuliebe stöhnen, dir zuleide stöhnen, wenn ich nichts empfinde. Ach – ich bin nicht sicher, dass du mich das fragst, dass du das überhaupt bemerkst, ob ich dir zuliebe, dir zuleide stöhne.

Dir zuliebe, dir zuleide? Eine Zeitlang. Auch das stand in deinem Buch. In einem anderen Kapitel.

Aber ich war neugierig. Ich sah, dass es dich nicht allzu sehr zu betreffen schien, ob ich dir zuliebe, dir zuleide stöhne. Ich wartete ab, ob es sich traf, dass ich heimlich stöhnte, mir zuliebe, mir zuleide stöhnte.

Mein Ärmelbatist, was geht es dich an, was ich mit meinem Ärmel mache. Es ist mein Mund. Wenn es mir passt, kann ich ihn mit dem Ärmel verschließen. Hättest du etwa nach ihm gefragt? Meinem Mund und meiner Kehle? Ich gebe dir meinen Schoß, und du scheinst zufrieden. Ich bin es auch, ich weiß jetzt, was ich wissen wollte. Wir können es so oft es uns gefällt, wiederholen.

Lass mich. Steh nicht plötzlich in meinem Rücken, wenn ich mich im Spiegel betrachte. Die Hand an die Wimpern, schnell, ist da etwas nass, stör mich nicht, wenn ich meine Toilette mache.

Ich ziehe an der Gardinenschnur, ich reiße das Fenster auf. Wenn ich herunter springe, hast du mich nie gehört. Es wird dich nichts an mich erinnern. Doch, der kleine Toilettentisch, ich gebe ihm einen Fußtritt.

‚Was hast du heute nur?'

‚Mach die Augen auf. Siehst du was?'

‚Was soll ich denn sehen?' –

‚Sieh genauer hin'.

‚Ich sehe nichts'.

‚Ich habe meine Lidschattenfarbe gewechselt'.

Ja, er wusste doch, dass etwas anders ist. Er hat es sich beinah gedacht. Er deckt auch selbst den Tisch. Und kommt mir noch im Schoß rücksichtsvoller vor. War es das?

‚Warum zwingst du mich nicht?'

Wir stehen auf irgendeiner Klippe. Er sieht verständnislos aus.

‚Aber du hast jede Freiheit'.

‚Eben. Jede Freiheit'.

Die Pelargonie wächst. Unsere Kinder wachsen.

Seine und meine. Er spricht jetzt gerne von den Verpflichtungen der Freiheit. Preisvergleich. Ordnung. Zentimetermaß. Die Freiheit ist die bewunderungswürdigste Gestalt der Welt. Es hat sich nichts geändert. Er respektiert jetzt nur die gebotenen Einrichtungen der Freiheit.

Die gebotenen Einrichtungen der Freiheit? Wenn ich nur wüsste, was das ist. Ich brauche ein neues Lexikon. In meinem steht Freiheit, steht Liebe.

Es ist nicht so, dass er mich nicht versteht. Grundsätzlich. Er wird darüber habilitieren.

Dem Weinen nah? Warum zwingst du mich nicht? Du darfst alle Stationen überspringen. Wenn du mich nur zwingst. Nicht er. Ein anderer. Er sah auch nicht verständnislos aus, als ich es ihm sagte.

Dem Weinen nah? Komm, mein Stolz, wir gehen spazieren. Auf Zwangsausübung muss man sich verstehen, wenn man es versucht, uns zu zwingen.

Nein, wir wollen nicht gar so viel Zeit verlieren und hochmütig tun, als ob wir zu haben wären. Wir sind es nicht. Aber man kann uns lieben. Wir können lieben. Vor einer Viertelstunde? Vor einem Vierteljahrhundert?

XXVII
Samstag. Dieselbe Zeit.

„Ich muss Sie bitten, sich wieder anzuziehen".
„Ich habe es falscher gemacht?"
„Nicht irreparabel".
Er ist schon wieder angezogen. So schnell könnte ich es nicht, selbst wenn ich wollte. Nur die Strippen sind etwas lächerlich. Auch die Stiefel und die Strümpfe. Ich sitze auf dem aufgeschlagenen Bett, die Arme hinter dem Kopf verschränkt.
„Sie können mir das ausziehen".
Er hält meinen rechten Fuß in seiner linken Hand, meinen linken Fuß in seiner rechten Hand.
„Die Stiefel haben keinen Reißverschluss. Man kann sie einfach stülpen. Es sind Stulpenstiefel".
Er hält den rechten Stiefel in der linken Hand, den linken Stiefel in der rechten Hand.
„Die Strümpfe löst man von den Strippen ab und rollt sie bis zu den Zehenspitzen".
Er hält den recht Strumpf in der linken Hand, den linken Strumpf in der rechten Hand.
„Das Band um die Taille hakt man im Rücken auf".
Er hält das Strippenband in beiden Händen.
„Sie haben hübsche Manschettenknöpfe".
Er sieht zornig aus. Ich muss mich entscheiden.
„Er fuhr einen schwarzen Citroen DS. Ohne Liegesitz. Wir mussten stehend fahren. Bis er sich überschlug. An den Kreideklippen".
„Und jetzt?"
„Möchte ich einen Liegesitz".
„Und ich?"
„Sie haben hübsche Manschettenknöpfe".
Er legt das Strippenband auf den kleinen Tisch neben die Teeschalen.

Ob ich ihn bitten soll, sie nachzuzuckern? Aber der Tee ist kalt. Man sollte nicht so viel reden. Ein kluger Liebhaber verbietet uns den Mund. Ich kannte einen solch klugen Liebhaber für drei Sekunden. Ich war neugierig, was er uns stattdessen vorschlagen wollte. Er öffnete seine Gürtelschnalle. Er zog den Reißverschluss an seiner Hose auf. ‚Verzeihen Sie, das ich meinen Mund gebrauchen muss, um Sie in Ihrer Tätigkeit zu unterbrechen'.

Er wägt eine Teeschale in der Hand.

„Ich habe einen Liegesitz in einer verrotteten Limousine".

„Sehr verrottet?"

„Nur zwanzig Jahre mit offenem Schiebedach im Regen".

„Fast neu. Verwenden Sie es für eine Photografie".

„Ich bin auf Portraitphotografie spezialisiert".

„Wechseln Sie das Genre. Genrefotos".

Er setzt die Teeschalen zurück.

„Ich habe eine Verabredung. Verzeihen Sie, ich muss gehen".

Er ist vollständig angekleidet.

Drossel, lass, ich komme allein zurecht, ich gehe gleich zu ihm.

„Morgen Nachmittag".

„Was?"

„Ihre Verabredung".

„Und jetzt?"

„Sind sie mit mir verabredet".

Er steht an der Tür. Drei Jackettknöpfe zu.

„Klingeln Sie um eine spanische Wand. Ich will mich nur wieder anziehen".

Aber wenn es im Park stürmisch ist.
Es ist. Blätter, tut ihm nichts zu leid. Verschweigt eure Jahreszeit.
Pfau, uns aus dem Weg. Er hat es nicht übermäßig falsch gemacht.
Nicht so falsch, dass ich es nicht begehren würde, neben ihm zu
liegen. Ich begehre es, aber so darf er es nicht erfahren.
Du bist dumm, kleiner Hirte, warum nicht. Du weißt doch, wie
die Bäche im Frühling sind, man kann die Wimper nicht mehr auf
und ab bewegen, wenn man unter ihnen liegt. Drossel, zupf ihn
am Ärmel, ich komme gleich, wir ziehen ihn unter dem Quellbach
vor und trocknen ihn mit den Federn, mit dem Ärmelbatist, wie
wir es gewöhnt sind.
Du gefällst mir, du gefällst mir mehr als der Seidelbast. Ich werde
die Nacht reuelos an deiner Seite verbringen. Reuelos. Weißt du,
was das heißt? Reuelos um den dunklen Trichter des Seidelbasts,
um den helleren der Herbstzeitlose. Warum empörst du dich
über den Liegesitz? Aber ich will keine verrottete Limousine. Ein
nagelneues Kabriolett. Du darfst es fahren. Bis ich dich zu mir auf
den Liegesitz wünsche. Bis ich es dir sage.
Glaub mir, es ist bequemer so, als wenn du mir den Arm reichen
müsstest, um mit mir durch eine Herbstallee zu gehen, die Baumkronen wachsen zusammen, spielen Dach, bis der Winter kommt,
und es ihnen austreibt, nein, rauschen ihren Eigensinn neu durch
den ganzen Sommer.
Werft keine Schatten auf mein Kleid, ich werde euch nicht erhören.
Ich erlaube einem Schulterblatt, dass es atmet, einem Bein, dass es
mich nicht um Verzeihung bittet, dass es meins nicht um Verzeihung
bittet, ich erlaube dem Haar, dass es gold bleibt, solange ich es
ansehe. Ich sage Rendezvous. Nicht Liebe.
Ich habe mir genug von ihr erbeten. Das Herz halb – halb gerissen.

Ich sehe keine Sonne ohne die vier Mondviertel am gleichen Himmel. Zehn Finger vertun tropfenweis mein Blut, und ich kann keine Pflaster kleben. Damen haben lackierte Fingernägel. Auch wenn sie etwas aufzuharken gehen, unter Zedern und Zypressen. Und kommt ein junger Mann und sagt, er will mir behilflich sein und scheint die Sonne durch die Zweige – nein, Zedern und Zypressen lassen wenig Sonne durch – und sagt, dass er in seinem Mantel friert, auch in seinem nackten Körper, er ist hier, um sich das schon einmal anzusehen. Ich aber bin aus Fleisch und Blut, es täte mir doch nicht weh, ihm etwas abzugeben, in sein blasses Gesicht, in seinen glatten Körper.

Sei nicht trotzig, daran stirbst du nicht. Es ist nur deine Jugend. Du machst dein erstes Gedicht. Das ist eine schwere Geburt. So schnell kannst du es nicht entbinden. Doch. Später. Wenn du ihn jetzt nicht verschmähst, deinen schönen Frost, dein brennendes Verderben. Geh nicht unter Zedern und Zypressen prahlen. Wie zum Würfelspiel. Um es zu verschleudern, deinen schönen Frost, dein brennendes Verderben, dein Leben.

Nein, belüg dich nicht, du suchst Ruhm, nicht Liebe. Ich gäbe dir schon etwas ab, wenn du nach Liebe fragtest. Du frierst aus Trotz in deinem Mantel.

Doch, du kannst mich noch bis zur Konditorei begleiten, nachher, zehn Meter hinter dem Südausgang. Meinen Kaffee trinke ich alleine. Komm, du wolltest mir behilflich sein, die Erde etwas aufzuharken. Wir wollen etwas in sie tun, das freundlicher ist als Zedern und Zypressen. Hier liegt jemand, der ging wie du unter Zedern und Zypressen, um sich das schon einmal anzusehen – Kopf über Kreideklippen. Nein, hier nicht, nicht wörtlich hier, unter dieser Zeder und Zypresse. Sie vertritt mir nur die Stelle einer anderen. Ich kann nicht so weit gehen. Bis ins Fegefeuer. Ich kenne mich nicht mehr so aus wie du in Gegensätzen. Doch, ich kenne mich noch aus, aber ich will es nicht mehr eiskalt oder siedend heiß. Ich träume von einem Rendezvous in einem Spinnwebenhotel. Selbst die Decken wären aus Spinnweben. Wir lassen sie über unsere Körper gleiten. Wir müssen nicht Acht haben, dass sie zerreißen. Du bist mir noch zu jung.

Ob ich es wagen kann, diesem Herrn an meiner Seite den Arm zu einem Gang durch diese Herbstallee zu reichen? Bis der Winter kommt und an ihren Blätterkronen zerrt. Das habe ich gerne. Nein, nimm mich nicht in den Arm, ich könnte es nicht ertragen. Ich erlaube es nur noch der Luft, mich in ihren Armen zu halten.

Im Winter bin ich gern allein, im Frühjahr geh ich tanzen, im Sommer blättere ich in einem Baum, im Herbst reime ich Stanzen, ab, ab, ab, cc.

Blätter, tut ihm nichts zu leid. Er träumt von Liebe. Und ich will mit ihm tändeln. Von Liebe? O nein. Er will uns nur seinen Kniefall tun in dieser Herbstallee: Anne-Liese, kannst du mir verzeihn, du oder eine andere Anne-Liese? Die Gicht steigt mir schon in die Knie. Könntest du sie mir erwärmen?

Ich denke nicht daran, mein kleiner Abenteurer. Ich habe mein nächstes Rendezvous mit einem größeren Abenteurer.

Aber ich werde dich anrufen, morgen früh, nein, morgen früh liege ich an deiner Seite, übermorgen früh, dass ich dich freundlich erinnere. Du hast nicht sehr viel falsch gemacht, und wenn wir jetzt diesen Kniefall verhindern, wirst du es durch die ganze Nacht nicht falscher machen.

Verlassen wir diesen stürmischen Park. In dieser Jahreszeit. So kurz vor dem Winter.

Pfau, weißt du, wo die Drossel ist, ob sie ihn schon am Ärmel zupft, zeig mir den Weg zum Bach.

Er geht an meiner Seite. Drei Jackettknöpfe zu. Gradsinnig. Männlich. Kapriziös.

Könntest du es mir nicht überlassen, selbst für mein Seelenheil zu beten? Ich habe so meinen eigenen Ehrbegriff, ich habe so meine Gedanken, ich habe so meine Bonbons. Ich ziehe mir so meine Grenzstriche alleine.

Außerdem. Wenn ich dich übermorgen früh anrufe –: ‚Wer zum

Kuckuck ist denn das, in dieser Herrgottsfrühe!' Du liegst noch im Bett. Aber du hattest schon angefangen zu gähnen. Siehst du, das ist unser Unterschied. Ich werde anrufen und dich mir immerhin merken. Hab dich nicht wie eine verführte Frau, wenn ich dich auf meinen Liegesitz bitte.

Wir befinden uns in Höhe der Platanengruppe.

„Erinnere ich mich richtig, dass Sie den Eingang suchten?"

„Wohin?"

„In alles. Ein für alle Mal. Zur günstigsten Bedingung".

Ich lehne mich gegen einen Baumstamm. Er steht mir gegenüber. Den rechten Fuß auf der Platanenwurzel, die linke Hand in der Hosentasche, den mittleren Jackettknopf zu.

„Das Kleid knöpft man auf, drei Knöpfe oder fünf. Du kannst kommen. Bis der Regen verdunstet ist. Aber das Eselchen wirst du mir satteln. Nicht nur satteln, du sollst es führen, den ganzen Weg über die heiße Landstraße, Äpfel und anderes Fallobst holen und meinen Sommerhut, den sollst du tragen, mit der linken Hand".

„Die habe ich nicht frei".

„Ich zwinge dich nicht, unhöflicher zu werden als du sein willst".

XXIX
Sonntag. 0 Uhr 30.

Wir sitzen uns gegenüber. Zwischen uns ein kleiner Tisch. Teeschalen
sind empfindlich. Man muss sich hüten, die Beine auszustrecken.
Was sagst du, mein Herz? Du bist überrascht? Ich nicht. Aber
ich verbiete dir, dich jetzt zu regen. Er hat es gut gemacht. Kein
falscher Satz. Keine falsche Bewegung. Kein Kniefall. Keine Angst
vor dem Winter. Ich stand an einen Baum gelehnt. Die Luft hielt
mich im Arm. Er nicht. Er lehnte nur in mir, den rechten Fuß auf
der Platanenwurzel, die linke Hand in der Hosentasche, die rechte
Hand an meinem Baumstamm.
Hätte ich ein Telefon auf meinen Knien, könnte ich mich verwählen:
Taxi, zur deutschen Grenze. Zum Oktogon. Zum Glockenturm.
Zu den Häusern rund um den Domplatz. Zum Marmorsarg des
Kaisers Karl.
Zu spät für eine Taxe. Wir müssen die Nacht an seiner Seite
verbringen. Reuelos um den dunklen Trichter des Seidelbasts
den helleren der Herbstzeitlose. Reulos um die Verspätung am
Spiegelweiher. Ich und Ich. Aber er ist ein anderer. Er ist ein anderer?
Nicht so sehr. Wenn er nur auf den Schuhsohlen wippt, wenn er
nur in mir lehnt, wenn er es der Luft überlässt, mich in ihren Armen
zu halten, wenn er nur vorübergeht, wenn er sich nur umsieht,
über die halbe Schulter.
Aber er ist noch da. Er steht auf, er kommt auf uns zu. Er hat uns
noch nicht genommen. Sagt er uns, was er sich nimmt, wenn er
uns nimmt? Wen er genommen hat, wenn er uns genommen hat?
Kommt, wir müssen ihm entgegengehen. Er hat es gut gemacht.
Kaum ein falscher Satz. Kaum eine falsche Bewegung.
Füße, grollt ihr mir, es wird euch doch kein Leids geschehen, doch,
es wird euch Leids geschehen – euch allen, Haut, Zunge, Ohren,
Füße, Brust – wisst ihr den Sinn dieses Unglücks?

Er steht neben uns. Wir sind nicht aufgestanden. Was hast du, Kleid? Zwanzig kleine Knöpfe. Ich öffne sie dir zwanzig Mal, hundert Mal, tausend Mal. Warum sollte er sie dir nicht öffnen? Weil er ein anderer ist? Wer sagt dir das? Und wenn er der Spiegelweiher wäre? Erinnerst du dich –: Acht Stufen hinab, und wir können uns über ihn beugen, um zu sehen, um zu erfahren, was er über uns weiß. Wir werden es jetzt erfahren.

Er steht hinter uns, er beugt sich über uns, die linke Hand, die rechte Hand auf zwanzig kleinen Knöpfen.
„Nein. Sie dürfen nicht. Sie haben kein Recht".
„Sie etwa einen Zeugen?"
Einen Zeugen? Die Laubengänge sind noch belaubt. Kein Zeuge im ganzen Wald.
Ich bin aufgestanden. Ich stehe mit dem Rücken zur Wand.
„Sie haben kein Recht, mich anzurühren".
„Und wenn ich es mir nehme?"
„Die irreparabel falsche Bewegung".
Er steht mir gegenüber: *„Was schlagen Sie uns vor?"*
„Dass Sie mir erklären –"
„Erklären –?"
„Warum es leichter ist, ein Kleid selbst aufzuknöpfen, als es aufknöpfen zu lassen?"
„Ich habe so meine Gedanken –"
„Ich hätte so meinen Stolz?"
„Sie hätten so Ihren Stolz".
Warum zwingst du mich nicht? Auf irgendeiner Klippe. Warum zwingst du mich nicht, du darfst alle Stationen überspringen. Warum zwingst du mich nicht – wozu? Mich zu bekennen? Dich zu bekennen? Mich zu bekennen, dich zu bekennen? Warum zwingst du mich nicht, durch dich bezwungen zu werden?
„Ich kenne den Ausgang von Frauenromanen".
„Bezwungen?"
„Auf ewig verankert".

„Eine Viertelstunde genügt".

„Aber ich sage nicht gern auf ewig, wenn es sich um eine Viertelstunde handelt".

„Zögen Sie die Ewigkeit vor?"

„Sie machte es mir zumindest möglich, Sie mein Kleid aufknöpfen zu lassen".

„Also doch –?"

„Was?"

„Der Ausgang von Frauenromanen".

„Ich fürchte nein. Für Sie. Weil ich noch für keine Viertelstunde die Gewähr übernehmen könnte, vielleicht für keine Viertelsekunde".

Er senkt die Schultern. ‚Bist du es nur, mein Stolz und willst ihn entmutigen? Und wolltest nur mit ihm tändeln?'

Er strafft die Schultern: „Sie haben für nichts Gewähr zu übernehmen".

„Und womit gedenken Sie uns zu rechtfertigen?"

„Zu rechtfertigen?"

„Was tut eine Frau, wenn sie ‚auf ewig' sagt?"

„Sie sagt es nicht. Sie wünscht es".

„Wie Sie meinen. Was tut eine Frau, wenn sie ‚auf ewig' wünscht?"

„Sie schießt die Augen".

„Habe ich sie geschlossen?"

„Sie erlauben mir ja nicht –"

„Was?"

„Sie zu schließen".

Erlaub es ihm, mein Stolz, wenn du es bist.

„Versuchen Sie es! Für eine Viertelsekunde".

Mit dem Rücken zur Wand. So geht es nicht. Ich muss mich von ihr trennen. So könnte er nicht einmal einen Arm um mich legen. Ich trenne mich von der Wand um einen halben Meter. Ich stehe in seinen Armen. Seit einer Viertelsekunde.

Kleine Perlen auf einer Stirn –

„Ich habe sie nicht schließen können".

Er nimmt seinen Arm zurück.

Warum zwingst du mich nicht, auf irgendeiner Klippe. Warum zwingst du mich nicht, du darfst alle Stationen überspringen. Wärst du es, mein Stolz, oder bist du es nie gewesen?

Bist du es nur, mein Sinn für Wortgenauigkeiten? Bist du es nur, mein absolutes Gehör? Bist du es nur, meine zähe Blindheit, die sich aufs Tasten verlegen will?

Bist du es nur, meine stumme Taubheit, die keinem Laut von draußen Zutritt gewähren will, bis er ihr nicht mehr fremd vorkommt? Bist du es nur, meine kühne Bitte, um einen Augenblick, der die Ewigkeit nicht kränkt?

„Sie können so tun, als ob Sie die Augen schlössen".

„Ich weiß. Aber ich werde es nicht tun. Kennen Sie den Parc de Procé?"

„Aber Sie schienen ihn nicht zu kennen".

„Ich vergaß. Ich besuche ihn ab und zu".

„Sie hoffen immer noch?"

„Ich hoffe immer noch".

„Aber Sie werden mir nicht sagen – ".

„Dass Sie mir nicht gefallen? Doch. Sie gefallen mir".

„Sie werden mir nicht sagen –"

„Dass ich Sie nicht begehre? Doch. Ich begehre Sie".

„Sie werden mir nicht sagen –"

„Dass ich die Augen nicht schließen könnte? Doch. Ich schlösse Sie".

„Sie werden mir nicht sagen –"

„Dass ich nicht mir zuliebe, mir zuleide, stöhnen würde? Doch. Aber es genügt mir nicht".

Er sitzt in meinem Sessel. Ich stehe einen halben Meter von der Wand, zwei Meter von ihm entfernt.

„Hier ist ihr Pfeil und Bogen".

„Ich habe ihn nicht verloren".

„Doch. Sie gestehen mir".

„Nein. Ich bitte Sie.

„Sie gestehen mir".

„Ich gestehe Ihnen, und ich bitte Sie. Ich gestehe Ihnen, dass Sie mir gefallen. Ich gestehe Ihnen, dass ich Sie begehre. Ich gestehe

Ihnen, dass ich die Augen schließen werde. Ich gestehe Ihnen, dass ich mir zuleide stöhnen werde.

Ich bitte Sie, dass ich nicht nur mir zuliebe, mir zuleide stöhnen werde.

Ich bitte Sie, dass ich nicht nur mir zuliebe, mir zuleide stöhne. Ich bitte Sie, dass Sie mich ansehen, wenn ich stöhne. Ich bitte Sie, dass Sie mich lieben, wenn ich stöhne. Ich bitte Sie, dass Sie mir zu erkennen geben, dass Sie wissen, wer ich bin, um es mir zu sagen".

Er ist aufgestanden. Beide Hände auf dem Rücken gekreuzt.

„*Und Sie sagen Rendezvous?"*

„*Ich sage Rendezvous".*

„*Ich muss Sie enttäuschen. Sie eignen sich nicht".*

Er geht an seinen Platz zurück. Wir sitzen uns gegenüber. Zwischen uns ein kleiner Tisch.

XXX
Sonntag. 1 Uhr 15.

Es gibt schwierige und aussichtslose Lagen. Es gibt geharnischtes Schweigen. Ich habe ihn aufgefordert, mich zu lieben.
Und du empörst dich, wenn ich dich auf meinen Liegesitz bitte! Er tritt die Flucht an. Er flieht. Im nächsten Augenblick. *„Ich habe nicht gesagt, dass ich Sie liebe".*
Er sieht mich an: *„Nein. Sie verlangen von mir, dass ich Sie liebe".*
„Ich muss darauf bestehen. Eine Frage der Reihenfolge".
„Ich verstehe nicht –"
„Ich nahm es bisher nicht so sehr genau mit dieser Frage".
„Und jetzt"?
„Nehme ich es genau".
„Dass ich Ihnen als erster beweise, dass ich Sie liebe?"
„Ja. Dass Sie mir sagen, wer ich bin, für die Dauer des Rendezvous".
Lass, Pfau, ich habe an ihm genug. Er verweigert sich wie eine Dame. Wie erklären wir Ihm, dass er immer noch durch den Herbst stolziert, und es längst Frühling geworden ist.
Kommt, wir tragen ihn zum Bach, helft mir, Pfau und Drossel. Wir halten die alte Reihenfolge ein letztes Mal bei, aber wir bestehen darauf, dass er es uns abbittet. Es könnte sein, dass er dazu imstande ist. Sofort. Nicht erst in einem halben Jahr, am übernächsten Morgen. Wie wir es erfuhren, wenn wir zu schnell gewährten, und sie eilten sich, sich mit ihrem Kriegsgeschoss zu brüsten. So eitel wie dumm. Ich war nicht einmal traurig. So etwas durchschaut man. Und wenn ich ihnen zulächelte, am übernächsten Morgen, über eine Tüte Pommes frites hinweg: ,Ich muss zum Telefon, hätten Sie nicht zwei Zehner?', sahen sie noch einmal genauer hin und brachten auch beinah so etwas zustande wie ein Lächeln: ,Haben wir uns nicht vorgestern?' ,Doch, wir haben uns vorgestern, aber wir werden uns nie wieder –'. Und wenn sie so auszusehen

schienen, als wollten sie etwas noch einmal überdenken, stand ich auf der anderen Straßenseite, mit Pommes frites und Ketchup.

Zwischen uns ein kleiner Tisch. Wir sitzen uns gegenüber.

Komm, ich will dich lehren, mich zu lieben. Ich bin eine Spur kleiner als etwa mittelgroß, unveränderliche Kennzeichen: Keine. Den einen bin ich zu kühn, den anderen zu ergeben. Es kam auch vor, dass sie sich in Widersprüche verstrickten und mir mit geröteter Stirn die Kühnheit vorwerfen zu wollen schienen, mich ihnen zu ergeben. Ich besaß genügend Vertrauen in sie, dass sie sich selbst besänftigten, wenn sie merkten, dass sie sich nur in Gesellschaft ihrer eigenen Widersprüche befanden. Ihre eigenen Widersprüche? Wenn das wäre! Sie haben es sich immer noch nicht eingestanden, dass sie nur die Eindeutigkeiten lieben: Erst kühn und dann ergeben. Sie fürchten Widersprüche. Aber die Wahrheit leistet sich Widersprüche.
Wie das Glas. Man kann durch es hindurch sehen. Alles scheint zum Greifen nah. Aber es ist nicht. Das weiß nur, wer den Versuch macht, durch das Glas hindurch zu greifen. Aber man greift nicht durch das Glas, als anständiger Bürger nach Mitternacht, nicht vor einem Juwelier – noch vor einem Gemüseladen. Und wenn zufällig einmal doch, wer ist es schuld – das Glas oder der Bürger? Im meinem Lexikon finde ich da nichts. Doch, ein Bild. Bürger hinter den Schaufenstern ihrer Stadt nach Mitternacht. Es gefällt ihnen noch ein bisschen zwischen den Pelzen, Ringen, Schuhen, Lauch und Chinakohl in den Auslagen zu sitzen. Und riefe keiner die Polizei, dann könnte es auch so sein. Drei Jackettknöpfe zu, kleiner Bürger, und träumst von vaterländischen Kriegen, um Städte mit zehntausend, hunderttausend, neunhundertneunundneunzigtausend Kleinbürgern zu besiegen?
Mich auch, denn ich würde dich zur Rede stellen: ‚Was haben Sie in meiner Auslage zu suchen, ich bin hier der Besitzer, mein Salat, meine Zitronen, tut mir leid, mein Herr, Ihre Manifeste kenne ich nicht.

Es fehlte mir die Zeit, eine höhere Schule zu besuchen. Was sagen Sie? Umsturz? Freiheit? Anarchie? Muss etwas von gestern sein. Außerdem. Sowieso. Nicht in meinem Laden. Ich habe diese Zitronen von meinen Vätern ererbt. Sie sind mein Besitz. Alles, was ich habe. Da, nehmen Sie, drei Apfelsinen für den Marsch – als Wegzehrung. Wenn Sie mir Umstände machen, bin ich gezwungen, nach der Polizei, da ist sie schon – man kann nicht eine Nacht in Ruhe in seiner Straße schlafen – das macht, es hat ein Juwelier mir gegenüber seinen Laden, das glänzt die ganze Nacht, ist doch eine Schande. Beim nächsten Umsturz kommen Sie noch mal vorbei, aber zertrampeln Sie mir nicht gleich meinen Laden'.

Drei Jackettknöpfe zu, kleiner Bürger, und träumst von der Anarchie? Die Schultern, von denen du träumst, so kalt bin ich nicht, der Schoß, nach dem du suchst, so ergeben bin ich nicht, die Freiheit, die du meinst, so frei bin ich nicht, aber kannst du mir mal eben den Schemel halten? Ich muss mal sehn: Brauche ich neue Apfelsinen? Wenn man sich beim Apfelsinenschälen in den Finger schneidet, tut kaltes Wasser gut. Ich habe mir eine Apfelsine von der Schale gestohlen, vom kalten Büffet von morgen früh. Ich habe sie mit den Fingern geöffnet und in Scheiben geteilt. Ich reiche sie ihm auf dem Tablett.

„Wenn man sich beim Apfelsinenschälen in den Finger schneidet, tut kaltes Wasser gut".

„Sie hatten doch gar kein Messer".

„Sie auch keine Gabel. Wir werden heißes Badewasser brauchen. Erschreckt es Sie, wenn ich es einlasse?"

XXXI
Sonntag. 1 Uhr 30.

Es gibt kein Lavendelöl. Auch kein Melissenöl, Hopfen, Thymian, Rosmarin, Wacholder. Aber kleine Seifenstücke. Und fast weiche Frotteehandtücher.

Ich stehe in der offenen Badezimmertür: *„Ich habe das Badewasser eingelassen".*
Er geht an mir vorbei ins Badezimmer: *„Ich werde 10 Minuten brauchen".*
„Ich auch".
Es gibt irritierte Gesichtsausdrücke. Er legt Wert auf die Feststellung, dass er ‚ich' gesagt hat. Ich auch. Ich lege auch Wert auf die Feststellung, dass ich ‚ich' gesagt habe. Er sagt, er badet immer allein.
„Aber nicht, wenn Sie mit mir zusammen sind".
Er sagt, dass er nicht darauf angewiesen ist, überhaupt zu baden.
„Aber ich. Weil ich es gewöhnt bin, vor dem Einschlafen zu baden".
„Sie täuschen sich".
„Ich weiß, ich bin weder Ihr gesuchtes Sujet, noch eigne ich mich für ein Rendezvous mit Ihnen".
Kleine Perlen auf der Stirn nennt man Schweißperlen.
„Ich will sie Ihnen abwischen".
„Was?"
„Die Perlen auf Ihrer Stirn".
Es gibt keusche Gesichtsausdrücke. Die keuschesten bei Männern. Offensichtlich auch bei Abenteurern.
„Lassen Sie". Er wischt sich selbst mit dem Ärmel über die Stirn.
„Darf ich Ihnen die Krawatte etwas lockerer binden? Sie werden es überstehen, eine Viertelstunde verheiratet zu sein".
„Verheiratet?"

„Fürchten Sie nichts Ich habe nicht die Absicht, wegen Bigamie mit dem Gesetz in Konflikt zu kommen".

Er lehnt gegen die Kacheln. Ich stehe in der Badezimmertür: *„Dachten Sie, ich lasse die Badezimmertür zuklappen und schließe von außen ab?"*

Er entspannt sich: *„Offen gestanden –"*

„Offen gestanden ist es nicht so schlimm".

„Was?"

„Das Abenteuer, kleiner Bürger".

„Das meine ich nicht".

„Ich weiß. Ich kann es auch umgekehrt sagen. Offen gestanden ist es nicht so schlimm mit den Verpflichtungen der Freiheit, kleiner Abenteurer".

„Ich verbiete Ihnen –"

„Nicht schlimm. Ich verbat mir auch das eine oder andere. Unter anderem die Fortsetzung Ihrer Lektüre. Nicht wenn Sie erwarten, dass ich Ihnen zuhöre".

„Klassisches Gedankengut".

„Nein, romantisches".

„Sie lieben geistreiche Unterhaltung".

„Ich bin gezwungen, mich zu verteidigen".

Es gibt überraschte Gesichtsausdrücke.

„Ich verstehe nicht".

„Darf ich es Ihnen im Badewasser erklären? Ich bin es gewöhnt, alles Wesentliche mit meinem Mann im Badewasser zu besprechen. Morgens. vor dem Frühstück. Es ist die einzige ungestörte Viertelstunde".

Er reicht mir seine Krawatte. Er reicht mir sein Jackett. Er reicht mir sein Hemd. Er reicht mir seinen Gürtel. Er reicht mir seine Hose. Auch die Badehose.

„Ich bitte Sie, die Badewassertemperatur zu prüfen, ich komme gleich".

Kein Lavendelblau. Kein Melissenrot. Klares Wasser. Auch wenn es nicht direkt aus dem Fels stürzt. Ich sitze am Kopfende. Er am

Fußende, soweit man das bei Badewannen unterscheiden kann.

„Nicht wahr es macht nicht allzu viel, wenn Sie auf diese Weise zehn Sekunden mehr als zehn Minuten brauchen? Ich möchte Sie etwas fragen.

Nehmen wir an, Sie gehen sieben Mal in der Woche am Abend aus, immer in eine andere Richtung, wenn auch zu einem ähnlichen Ziel. Wie nennen Sie das? Darf ich Sie erinnern? Es liegt doch auf der Hand. Es liegt Ihnen auf der Zunge. Es geht mir nicht aus dem Sinn. Wir sind uns doch einig, wie Sie das nennen, nicht wahr: Das nennen Sie männlich. Nehmen wir an, ich gehe sieben Mal in der Woche am Abend aus, immer in eine andere Richtung, wenn auch zu einem ähnlichen Ziel. Wie nennen Sie das? Ich muss Sie nicht erinnern. Das liegt doch auf der Hand, liegt Ihnen auf der Zunge, geht mir nicht aus dem Sinn. Wir sind uns doch einig, wie Sie das nennen, nicht wahr, wir wählen einmal den vorsichtigsten Ausdruck, um dem Ausgang der Sache nicht vorzugreifen, aber das will man doch schon einmal in aller Deutlichkeit gesagt haben: Das nennen Sie höchst unweiblich.

Lassen Sie. Fürchten Sie nichts. Ich spreche nur hypothetisch. Hätten Sie schon einmal zwei Abenteurer in einer Badewanne gesehen?"

„Grundsätzlich –".

„Ich meine konkret. Konkret wären Sie doch imstand, mir dieses klare Wasser zwischen uns mit Ihnen zu teilen zu verbieten. Obwohl ich nicht anders als Sie von meinem siebten Abenteuer in dieser Woche zurückkäme, um vor dem Einschlafen mit Ihnen darüber noch etwas zu plaudern".

„Ich plaudere nie".

„Ich weiß. Sie sind mannhaft verschwiegen. Aber ich plaudere gerne. Auch über das, worüber man mir Verschwiegenheit zugestehen will. Ich sage mir: Wenn er nicht bei Tag mit mir stehen kann, braucht er auch nicht bei Nacht mit mir zu liegen. Man muss doch wissen, mit wem man sich zusammenlegt".

„Ich bitte Sie –".

„Ich bitte Sie, mich daraufhin anzusehen, ob Sie sich in dieser

Konstellation im Zusammenhang mit mir denken könnten. Ich diesem Fall müssten Sie es mir vorher sagen".

„In diesem Fall?"

„Sage ich Rendezvous. Nicht Liebe".

„Und in anderen Fällen?"

„Ich denke nicht daran, meine Blässe auf Geständnisse zu verschwenden. Außerdem hatte ich Ihnen geschrieben".

„Ich hätte keinen Anlass, blass zu werden".

„Wieso auch? Da Sie ja nicht lieben".

„Sie etwa? Und wenn ich nicht überzeugt bin?"

„Überzeugen Sie sich".

„Wo?"

„Am Mainufer. Morgen Abend".

„Etwas zweideutig, wie Sie mir zugeben müssen".

„Wieso? Wenn ich da allein für mich stehe oder gehe? Für mich allein kann ich keinen Ort zweideutig machen, auch keine Straße".

„Die Frage ist doch: Warum stehen Sie da?"

„Die Frage wäre doch: Warum gehen Sie da?"

„Wenn sie sich dazu hergibt –"

„Eins seiner Bedürfnisse zu teilen?"

„Das ist nicht wahr".

„Dass es eins seiner Bedürfnisse wäre?"

„Sie teilt es nicht".

„Sie kann es nicht teilen. Wenn man bei einem gemeinsamen Essen geohrfeigt wird, fällt es einem auch schwer zu essen".

„Das ist es nicht allein".

„Das macht es möglich".

„Sie lässt sich bezahlen".

„Wie jeder andere. Was nicht ausschließen muss, dass er das, was er tut, gerne tut".

„Sie tut es nicht gerne".

„Sie kann es nicht gerne tun. Wie mancher andere, obwohl er für das, was er tut, bezahlt wird".

Er hat sich ganz an das Fußende der Badewanne zurückgezogen, soweit man bei Badewannen von Fußenden sprechen kann.

„Fürchten Sie nichts. Ich spreche nur hypothetisch. Aber da Sie mich zwingen, Ihnen das jetzt zum dritten Mal zur Ihrer Beruhigung zu sagen, muss ich Sie doch bitten, sich zu fragen, was fürchten Sie eigentlich am meisten: Die Prostitution, das Abenteuer, die Ehe? Wären Sie imstand, mir das zu sagen, in einer Viertelstunde? Nebenan sind Ihre Kleider".

XXXII
Sonntag. 2 Uhr 15.

Er hat sich nicht wieder angezogen. Er liegt nackt auf der Bettdecke. Die Augen zur Zimmerdecke. Ich stehe in der offenen Badezimmertür im Frottiertuch.

„Ich bitte Sie zu kommen".

„Die Viertelstunde ich noch nicht um".

„Aber ich weiß es".

„Was?"

„Was ich am meisten fürchte".

„Weiß ich es auch?"

„Sie fürchten es nicht am meisten".

„Dann könnte es sein, dass ich es weiß".

„Werden Sie kommen?"

„Bei unserem nächsten Rendezvous".

„Wann?"

„Wenn Sie Ihre Erfahrungen im Blasswerden gemacht haben".

„Ich lerne es auf der Stelle". – Er ist aufgesprungen.

„Jetzt sind Sie nur blass vor Zorn".

„Und Sie?"

„Weil ich es bedauere, Sie nicht später getroffen zu haben".

„Dann –?"

*„Hätte ich mein Lexikon befragt. Nach einem Spinnwebenhotel.
Noch die Decken wären aus Spinnweben gewesen".*

„Und das Gesicht?"

„Das Gesicht bleibt frei".

„Bezwungen oder unbezwungen?"

„Ich kann die beiden Wörter in meinem Lexikon nicht finden".

„Aber Sie haben mir gestanden –"

„Dass ich bezwungen wäre?"

„Dass Sie stöhnen werden".

„Ich hatte Sie sogar gebeten, mich dabei anzusehen.
„Wo Sie mich schon einmal aufgehalten haben."
„Aufgehalten –?"
„Auf dem Gang zum Spiegelweiher".
„Ich bitte Sie, ihn fortzusetzen".
„Wohin?"
„Bis zu mir".
„Aber es ist schwierig".
„Warum?"
„Weil ich kleiner bin als Sie, wenn Sie aufrecht stehn".
„Und wenn ich liege?"
„Könnte ich aufrecht stehn, auch knien und mich über den Becken-
rand beugen und sehn, ob ich mich in ihm spiegeln kann".
„Und wenn sich der Wasserspiegel kräuselt?"
„Warten, bis er sich wieder glättet".
„Und bis dahin?"
„Mit der Hand die Wassertemperatur prüfen, ob man bei der Jahres-
zeit noch kurz untertauchen kann?"
Er streckt sich nackt auf dem Teppich aus. Ich stehe am Beckenrand.
Ich kniee auf einem halben Knie, um mich über das Becken beugen
zu können. Ich prüfe mit der Hand die Wassertemperatur. Für
gewöhnlich ist das Wasser im Hebst zu kalt zum Untertauchen.
Ich täusche mich. Es ist nicht kalt. Doch. Es ist kalt.

Mit so brennender Wange, kleiner Hirt, täuschst du das Wasser
nicht. Sie färbt es rot. Sie erhitzt es zu heiß, dass es sich selber glauben könnte, wo hier nicht einmal eine Sonne ist, beim Abend-
untergang.
Ich will die Hand auf seiner Wange liegen lassen, bis sie sich etwas
kühlt. Und die andere Hand auf dein Ohr, dass es nicht so saust.
Und wenn ich mich noch etwas weiter vorbeuge, den Mund auf
deinen Mund.
Ich wusste nicht, dass es im Wasser solche Früchte gibt wie
deinen Mund. Ich wusste nicht, dass es im Wasser so goldenen

Weizen gibt, wie deine Haut. Ich wusste nicht, dass es unter der Wasseroberfläche so pocht, wie dein Herz. Ich wusste nicht, dass es unter der Wasseroberfläche so rauscht, wie dein Blut. Ich wusste nicht, dass es unter der Wasseroberfläche so reißt, zuckt, schnellt, wie deine Hüfte, deine Füße, dein Knie. Ich wusste nicht, dass es unter der Wasseroberfläche so ein kleines Gestrüpp gibt, wie das unter deinem Nabel. Hätte ich einen Kamm, würde ich es durchkämmen, spätestens bis Mondaufgang.

Ich kann nicht, kleiner Hirte, du täuscht mich nicht, du täuschst das Wasser nicht, dass da nur Wasser wäre. Ich glätte die Wasserfläche nicht. Ich kann mich nicht in ihr spiegeln. Ich ziehe meine Hand heraus. Ich nehme meinen Mund an mich. Ich lehne mich zurück.

„War es zu kalt?"

„Zu heiß. Für die Jahreszeit".

„Was haben Sie gesehen?"

„Ich habe den Wasserspiegel nicht glätten können. Ich konnte mich nicht sehen".

„Fragen Sie ihn".

„Kennen Sie meine Lidschattenfarbe?"

Er hat sich im Liegen umgedreht. Ich ziehe mir eine Zigarette aus dem Zigarettenetui neben mir auf dem Teppich. Er hat den Kopf in die linke Hand gestützt:

„Sie rauchen?"

„Viel".

„Sie trinken?"

„Nicht übermäßig".

„Sie lieben?"

„Ich hoffe es zu ändern".

„Wann?"

„Jetzt".

Er bewegt sich. „Ich will –".

„Nein. Sie machen es doch sehr gut. Fast gut".

Er sieht mich an.

„Ihre Lidschattenfarbe ist weiß".

„Man kann nicht ganz schwarz auf den Friedhof gehen".

„Weiß ist auch eine Trauerfarbe. Ich habe keinen Anteil an beiden".

„Ich weiß es nicht. Jedenfalls hübsche Manschettenknöpfe".

„Ich schenke Sie Ihnen zu Ihrem nächsten Geburtstag".

„Jetzt".

Er ist aufgestanden. Er legt zwei Manschettenknöpfe auf den kleinen Tisch neben die Teeschalen. Er kommt zurück. Ich reiche ihm meine neu angerauchte Zigarette. Er drückt sie mit der Fingerkuppe des rechten Zeigefingers aus. Ich sitze auf dem Teppich. Er setzt sich neben mich.

„Ich bitte Sie, mir alles, was Sie jetzt berühren, zu benennen".

„Ihr Herzklopfen" – er legt die rechte Hand unter meine linke Brust.

„Ihre Furcht" – er legt die linke Hand über meine beiden Augen.

„Ihre Liebe" – er berührt mit dem Mund meinen Mund.

Er lächelt. Ich auch.

XXXIII
Sonntag. 3 Uhr, 1 Sekunde.

Die Gewähr für eine Viertelstunde. Die Gewähr für eine Viertelsekunde. Ich übernehme die Gewähr.
Drossel, lass, ich brauche dich nicht. Blätter, zeigt eure Jahreszeit.
Wenn ich dich breche, Tannengrün, in kleine Zweige, und dich
in die aufgetaute Erde stecke, zwölf Kästen um das ganze Haus,
musst du darin aufrecht stehn und dich nicht verschneien lassen,
durch den ganzen Winter.
Sind das nur Tränen, die sich da in deinen Wimpern verfangen
haben, oder blitzende Zähren? Ich werde mich hüten, sie dir von
der Wimper zu streifen. Ich habe Respekt vor blitzenden Zähren.
Es ist Herbst, kleiner Hirte, siehst du da das Gebirge? Ob du es
erklettern kannst mit deiner Herde?
Lass sie nur voraus, sie kennen ihren Weg, du kommst ihnen gleich
nach, ich will mir nur den Schuh zubinden, und das Eselchen stellst
du solang in den Schatten. Jetzt komm. Schichte mir noch etwas
Heu. Ich will den Arm nur etwas höher legen. Aber verseng mir
nicht den Ärmelbatist mit deiner Wange. Nicht meinen Mund. Du
machst ihn mir zu brandwund. Ich will den Ärmel auf ihn legen,
dass er sich etwas kühlt. Ich hätte dir erlaubt –?
Er sieht mich an, über mein Gesicht gebeugt: „*Sie haben mich
sogar darum gebeten*".
Lass, Schoß, ich habe es ihm erlaubt. Mund, Ärmel, zürnt mir
nicht, ich werde ihn nicht hindern – dich freizulegen, Mund, dich
fortzuziehen, Ärmel, dich festzuhalten, Handgelenk. Ich habe
ihn selbst darum gebeten, das Gesicht aus eurem Ärmelschatten
zu ziehen. Ihr versucht es doch immer noch, Ärmelschatten zu
spielen, nicht wahr, mein Arm, mein Handgelenk, meine Hand?
Ich befehle euch, euch zu versöhnen, mein Mund und meine Kehle.
Ihr erstickt es doch nicht mehr, ihr verschließt es doch nicht mehr.

Öffne dich, mein Mund für den fremdesten Laut deiner Kehle. Er will nicht länger so abgetrennt sein, in einem dunklen Gang, er mischt sich gern in jeden anderen Laut um ihn herum.

Gesicht, bleib ihm zugekehrt. Er ist neugierig auf dich geworden. Er übernimmt für dich die Gewähr. Seit einer Viertelsekunde. Geh, kleiner Hirte, es ist Zeit, es hat schon zur Vesper geläutet im Tal. Du musst noch über das Gebirge. Ich lag sehr gut in deinem Arm, vor deinem Augenspiegel. Hol mir das Eselchen, ich will es satteln, zur Klauserkapelle, zum Oktogon, zu den Häusern rund um den Domplatz, zum Marmorsarg des Kaisers Karl, wir haben es ihm versprochen. Hier, deine Gürtelschnalle. Du hast sie im Gras verloren.

XXXIV

Sonntag. 3 Uhr 40.

Wir sitzen uns gegenüber. Zwischen uns ein kleiner Tisch. Teeschalen sind empfindlich. Unsere Herzen bewegen sich nicht, vollständig bekleidet.

Was sagst du, mein Ich, du bist überrascht? Ich nicht.

Reuelos um den dunklen Trichter des Seidelbasts, um den helleren der Herbstzeitlose. Wir sind euch durch den Trichter gefallen auf den Blütenboden.

Reuelos um die Verspätung am Spiegelweiher. Ich und Ich. Aber er ist ein anderer.

Er ist ein anderer? Nicht so sehr, wenn er sich nur in uns bewegt, wenn er uns nur in seinen Armen hält, wenn er uns nur spiegelt, nur spiegelt und nicht verrät: Anhänglich? unanhänglich?

Werd nicht so blass, mein Gesicht, geh dir dein Urteil holen. Er reicht es dir auf einem kleinen Tablett: Anhänglich. unanhänglich. Lass, was fürchtest du? Er weiß es nicht. Er sieht nichts selbst. Er hat uns nur gespiegelt. Wir haben unsren Gang nur fortgesetzt. Zum Spiegelweiher.

Was weißt du schon, mein Spiegelbild, was ich dir nicht selber sage! An Regen- und Bilderbuchtagen. Ich runzle die Stirn, wenn ich die Stirne runzle. Ich lache dich aus, wenn ich dich auslache. Ich fürchte mich vor dir, wenn ich mich vor dir fürchte. Wir können aufstehen, mein Körper, mein Gesicht, wir haben uns nur in ihm gespiegelt. Er weiß uns nichts, was wir nicht selber wüssten.

Ich bin aufgestanden. Wäre es noch früher im Jahr, wäre es schon heller Morgen. Ich greife nach dem Zigarettenetui. Ich nehme meinen Mantel.

„*Die siebzehneinhalb Stunden sind noch nicht um*".

„*Fast. In sechseinhalb Stunden*".

„Ich bitte Sie um diese sechseinhalb".

„Wozu? Ich habe meinen Gang beendet".

„Sie haben sich im Spiegel gesehen?"

„Auf einem kleinen Umweg".

„Was hat er Ihnen gesagt?"

„Er sagt es mir in sechseinhalb Stunden".

„Er sagt es Ihnen jetzt".

Ich stehe im Mantel in der offenen Tür.

„Er kann es jetzt nicht wissen. In sechseinhalb Stunden ist es heller".

„Ich werde Sie begleiten".

„Alleine sehen Sie nichts".

„Doch, kleiner Abenteurer, ich sehe gut alleine".

Ich stehe draußen im Flur.

„Ich sehe es. Ich pflege mich nicht mit meinen Sujets zu täuschen.
Sie sehen gut, alleine".

„Und Sie".

„Nicht mehr ganz so gut".

„Ich riet Ihnen ja, heben Sie die nächste Haarnadel auf, die Sie auf
Ihrem Teppichboden finden".

„Ihre?"

„Ich trage keine Haarnadeln".

„Sie haben meine Manschettenknöpfe vergessen".

„Behalten Sie sie. Auf dem Liegesitz gefallen hübsche
Manschettenknöpfe".

„Ich will –" er schließt die Hand, er öffnet die Hand, er treibt die
Schwärze, die der Nacht noch bleibt, mit beiden Händen an wie
eine Herde – ich muss sie auffangen, seine beiden Hände in meine
Hände nehmen.

Er lacht. Entspannt. Ich auch.

„Werden Sie anrufen?"

„Nein".

„Und wenn ich anrufe?"

Ich stehe auf der zweiten Treppenstufe von oben.

„Man wiederholt kein Rendezvous. Man trifft neue Verabredungen".

„Mit oder ohne Spiegel?"

„Man sieht nicht klar genug?"

„Man übertreibt gern ihre Bedeutung".

„Eine Spur zu klar".

„Was?"

„Seine Träume".

„Sie träumen immer noch?"

„Von einem Rendezvous in einem Spinnwebenhotel. Noch die Bäume wären aus Spinnweben, wenn man sich den Arm reicht, um durch eine Herbstallee zu gehen".

Er zieht eine kleine weiße Karte aus der linken oberen Jacketttasche, er verbeugt sich, wir gehen auseinander.

E n d e